KB016083

1
Again U-turn

Again U-turn 1

마르티니의 서곡

"오후 19시 서울발 KTX 열차는 대전에 19시 52분에 도착하겠습니다. 편안한 여행 되시도록 안전하게 모시겠습니다."

안내방송이 나오자 열차는 시나브로 빠져나가고 있었다. 창가라고는 하지만 사위가 어둠이 내리기 시작하여 가로등과 멀리 깜박이는 불빛만 보일 뿐 시야는 별 볼 일이 없었다. 침묵과 어둠만이 깔리고 있었다. 주정진은 잠시 눈을 감았다. 정지용의 시 '향수'처럼 '꿈엔들 잊을 리 없는 시절'이 달리는 열차의 주마등처럼 머릿속을 스치고 있었다.

정진은 명문대학 S대학을 졸업하고 군에 입대했다. 졸업 후 여기저기 이력서를 제출했으나 병역미필이라고 하여 접수도 못했다.

하얀 함박눈이 소복이 쌓인 날씨도 쌀쌀한 2월 어느 날. 정진은 논산훈련소에 입소하여 7주간의 교육을 받고 간 곳은 '대구군의학교'였다. 이곳의 교육은 약학대학 1학년 때 교양과목으로 배운 공중보건학, 응급처치술, 주사 놓는 법 등의 교육이었기에 정진에게는 식은 죽 먹기였다.

정진은 전공을 찾았고 교육이 끝난 후 7월. 전방의 메디칼 부대사령부 의무중대에 배치되었다. 그곳은 3 · 8 이북에 있는 부대로서 저녁만 되면 북한군의 대형스피커에서 노랫소리가 골짜기에 울려 퍼졌다.

홍난파 작 봉선화 노래

'울밑에선 봉선화야/ 네 모양이 처량하다/ 길고 긴 날 여름철에/ 아름답게 꽃필 적에/ 어여쁘신 우리 님은/ 나를 반겨 놀았도다.'

이 노래는 일제시대 때 나라 없는 민족의 슬픔과 애환을 노래한 우리 민족의 애창곡이다. 또 어떤 때는 사공의 노래도 흘러나왔다. 고향 떠나 외로운지라 웬지 슬퍼지고 가슴이 메어지는 느낌과 서러움이 가슴을 울리는 처량한 노래로서 북한군이 아군 진지를 향하여 외롭고 쓸쓸한 밤을 더욱 부채질 하는 선전용 방송이었다.

때로는 삐라를 뿌려 자기들에게로 항복해 오면 북한의 최고 영웅으로 추대된다고 선전하는 일종의 심리전이었다. 휴전은 되었지만 총성만 멈췄을 뿐 아직도 전선은 전쟁상태였고 또 간간히 벌어지는 총격전에 사상자도 발생하기도 했다.

북한은 6 · 25 전쟁을 도발한 침략자로서 아직도 제 버릇 고치지 못하고 지금도 기회만 있으면 도발하는 못된 집단이다. 6 · 25 한국 전란으로 유엔군, 한국군, 민간인 포함하여 사상자 수는 500만 명 이상이었다고 하니 엄청난 비극이 아닐 수 없다. 그 막대한 규모의 장비와 수많은 UN군이 참전하였으며 희생자 또한 너무나 많았다.

참전국 또한 2차 대전 이후 세계대전을 방불할 정도로 미국을 비롯하여 전투참전 16개국에 의료 기타 장비 지원 5개국에 총 21개 나라가 참전하였다. 우리는 다시 한 번 우방에 감사하고 있다. 이 나라를 공산주의로부터 지켜온 값진 희생의 대가로 현재 대한민국이 존재하는 것이다.

정진은 주특기 특기병과를 살려 메디칼부대사령부 의무중

대 약제계에 배치되었고 군의관은 성균관대학 출신 김 중위였는데 영국 신사같이 온유한 성품이고 자존심이 강한 정진과는 부대 생활에는 호흡이 잘 맞았다. 정진은 대학 시절 학생회 활동을 비롯해 각종 운동을 좋아했고 매사에 능동적이고 긍정적으로 살아가는 성격이었다. 가정이 어려웠던 그 시절 산전수전 격은 그는 군대생활에서 다른 누구보다도 친화적이고 긍정적이어서 가는 곳마다 호감을 샀다. 이곳 부대에서도 그는 군의관과 선임하사, 선배들에 인정받는 성실파로서 신병으로서는 비교적 빠르게 업무에 익숙하게 되었다.

며칠 후 의무중대장의 주선으로 신병 환영회가 열렸고 화기애애한 속에 격의 없는 대화가 그들을 더욱 가깝게 만들어 갔다. 부대 의무중대원들은 거의 학부 출신으로 수준 높은 덕망과 학식에 존경의 대상이었다. 또한 행정업무에서부터 환자처치법, 수술 등 실제 많은 것들을 후배들에게 가르쳐 주었다. 특히 신 병장의 포경수술은 전문의 못지않게 잘하여 일요일에는 외출도 못할 정도로 바빴고 그에 따른 약간의 수입으로 대포값 정도의 자발적인 사례금이 있는 날은 외출을 못한 대원들과 입원환자를 위한 위로의 회식을 갖었다. 같은 부대의 신병장은 서울 출신으로 매너가 좋고 옷매무새도 깔끔하니 멋쟁이로 통했다.

군의관 김 중위는 의사로서 뿐 아니라 시사, 철학에서도 수준 높은 실력파였다. 북한군 스피커는 한밤중에도 계속 떠들어 댔고, 노랫소리는 우리들의 대화도 불편하게 만들 정도로 시끄러웠다. 술잔이 몇 잔 돌아가자 군의관 김 중위가 불편한 심기를 들어냈다.

"저들 북한군은 밤만 되면 떠들어대니 하여간 못 말린다니까! 밤낮없이 떠드니 시끄러워 못살겠어……?"

그도 그럴 것이 군의관이 이곳에 부임한 지 벌써 2년이 넘었고 미운 정 고운 정 부대생활에 정이 들었지만 저렇게 떠드는 스피커 소리에 6개월된 아들이 밤에 잠을 못 잔다는 것이다. 이어서 기다렸다는 듯이 서울 K대학 법대 출신 신 병장이 율사답게 한마디 했다.

"군의관님! 도대체 공산주의 정체가 무엇이기에 6 · 25 남침도 모자라 또 저렇게까지 도전해야 하는 겁니까?"

군의관도 거침없이 일갈하였다.

"원래 공산주의는 이 세상의 유토피아야! 논리대로라면 말야. 저들은 이념만 번들한 왜곡된 공산주의 특정 집단을 위해 국민 노동자들의 자유, 권리, 행복을 말살하고 백성을 우습게 보는 이 지구상에 유일한 독재국가란 말야……"

"주정진 일병. 자네 생각은 어떤지 말해보게나?"

"예, 군의관님. 맞습니다."

"칼 마르크스의 자본론에 의하면 노동자만이 잉여가치를 창출하면서도 자본가가 모든 이윤을 가로챈다는 것 아닙니까? 즉, 자본가가 근로자를 착취해서 악덕하게 돈을 긁어모은다는 게 그들의 논리이지요. 그들이 주장하는 이론은 가난한 노동자들을 현혹시키는 달콤한 얘기가 되지요. 즉, 공산주의는 사유재산을 폐지하고 모든 재산을 국가가 소유하고 부의 재분배를 통해 다 같이 잘살자는 거 아니겠어요? 그런데 그게 그럽니까? 지금의 북한을 보세요! 잘살기는 고사하고 굶어 죽는 사람이 얼마나 많습니까? 그래서 공산주의는 이념은 그럴듯하지만 1인 독재로 인민을 노예 취급하며 인권도 자유도 없는 처참한 생활하는 현실 아닙니까?"

이어서 고려대학교 출신 서 일병이 한마디 거들었다.

"공산주의 선언은 1848년 칼 마르크스와 엥겔스가 선언한 이론이지요, 부르주아적 소유의 철폐와 사유재산의 폐지가 프롤레타리아 계급 빈민층이 잘 살 수 있는 유일한 수단이라는 거 아닙니까? 하지만 세계 인류는 그 자체를 인정하지 않고 사유재산을 법적장치로서 보장되는 자유민주주의를 선택함으로써 공산주의 사상은 스스로 무너져 버린 셈이지요. 저 유명한 볼세비키혁명이 바로 노동자를 선동하여 로마노프 왕조를 무너트린 공산주의 혁명 아닙니까? 그러나 공산당의 통제, 간섭, 지시는 결과적으로 자본주의보다 더 많은 고통과 희생을 요구하지 않습니까? 인간사회에서 영원히 퇴출되어야 마땅하다고 생각합니다."

"그래서 서 일병 말이 맞아."

군의관이 시원하다는 듯이 모두의 말에 동의했다.

"자 오늘은 여기서 끝내지……"

군의관이 먼저 자리에서 일어나자 일행은 각자 부대로 돌아갔다. 정진은 약제계 보급을 맡아 하루 일과가 정신없이 바쁘게 지나갔다. 입원환자를 비롯해서 외래환자가 붐볐고 오후 일과 후에는 바둑으로 시간을 보내기도 했으나 일과 후가 더 바쁠 때가 많았다. 사령관 사모님이 편찮으시다고 진료 부탁이 오면 의례 정진 몫이다. 또 중대장 사모님, 성 과장님 사모님들한테서도 간간이 부탁이 온다.

약제실에서 각종 약을 챙겨 똥가방이라고 부르는 구급가방을 들쳐 메고 연천시내로 나온다. 정진은 사모님들에게도 명문대학 졸업과 성실파로 인정받아 인기가 좋은 편이었다. 특히 짓궂은 사모님은 장가는 갔냐? 집은 어디냐? 나이는? 꼬치꼬치 물어서 중매한다고 하였다.

이 억척스런 사모님들 꼬임을 일거에 배척하는 방법은 '나는 유부남이요'라고 선전하는 것이다. 그 해 여름 어느 날 부대에 없는 약을 구입하기 위해 시내 연천약국을 들렀다.

"K-마이신 있습니까?"

미모의 여약사가 반가이 맞아준다. 정진은 자기소개부터 했다. 같은 약사로서 직업에 대한 연민의 정 같은 것을 느꼈고 김 약사는 왠지 다정다감하게 마치 오래전부터 알고 지내는 사이 같이 느껴졌다. 그렇게 여러번 약국을 찾다 보니 서로 밀도 높은 우정 아닌 우정이 새록새록 싹트기 시작했다. 정진은 시내만 나오면 발걸음이 자기도 모르는 사이에 자꾸만 그쪽 방향으로 향하곤 했다.

"정진 씨! 오늘요, 제가 월급날인데요. 한 턱 쏠게요……"

"아이고 고맙지요. 허허허—"

원래 중국음식을 좋아하는 정진은 오늘이 바로 생일날 같았다.

'아! 이게 얼마만인가!'

짜장면에 탕수육이면 정진이 제일 좋아하는 음식이다.

"경화 씨! 정말 맛있게 잘 먹었습니다. 감사합니다."

그냥 의례적인 인사가 아니었다. 정진은 오랜만에 포식을 하였다.

"정진 씨! 저기에 탁구장이 보이지요!"

둘이는 엎치락 뒤치락 몇 게임을 진행했으나 승부가 안 났다.

"우리 내기해요."

'경화'는 제안을 했다.

"지는 쪽은 이긴 쪽의 요구를 들어 주기요."

"글쎄요, 그게 뭔지는 모르지만 하여튼 해봅시다."

실력이야 정진이 월등했지만 상대의 기분 살려주느라 더러는 져주기도 했다. 그런데 이게 정확히 여약사의 타겟이 되고 말았다.

"내일 토요일 서울 가시지요? 저와 같이 가는 거요."

"그러지요. 임도 보고 뽕도 따고요. 허허허―"

정진도 싫어하지는 안 했다. 음악 감상하면 역시 서울의 문화중심타운 명동에 있는 '돌체'였다. 당시 돌체는 포스트모더니즘을 추구하는 시인과 화가, 음악인들의 명소인 동시에 젊은 남녀의 사교의 장소로 유명했다. 그렇게 둘은 가까워졌다. 또 자기 집은 혜화동이라면서 집에도 초대했다. 정진은 잠시 생각에 잠겨 스스로 자문해봤다. 과연 내가 경화를 좋아하고 있나? 그러나 그것은 잠시의 공상일 뿐 일상생활은 항시 그녀에 대한 그리움뿐이었다.

약국 주인 '원해요 장로'는 착실한 기독교 신자에 믿음이 가는 인품이 상대를 압도하고 있었다. 어느 날 장로는 말했다.

"두 분이 잘해보셔! 김 약사 괜찮은 사람이야…… 주 병장이야 S대 명문대 출신이니깐 손색이 없고……!"

"아이고 고맙습니다."

원 장로는 두 사람 사이를 살살 부채질하는 바람에 더욱 가까워지고 있는지도 모른다.

"정진 씨! 오늘 우리 포천에 있는 포도밭 가요! 우리 약국 원 장로님의 포도원이 있지요."

칠월 초순이라서 벌서 포도 맛이 들어 달콤새콤하니 먹을 만하게 익어가고 있었고 알알이 박힌 포도송이가 귀엽기만 하였다.

"경화 씨! 그거 있지요. 시 「청포도」 이육사 시인님요?"

"어머나 그 시를 외우세요. 그럼 낭독해주세요. 호호호—!"

내 고향 칠월은
청포도 익어가는 시절

이 마을 전설이 주저리주저리 열리고
먼데 하늘이 꿈꾸며 알알이 들어와 박혀

하늘 밑 푸른 바다가 가슴을 열고
흰 돛단배가 곱게 밀려오면

내가 바라는 손님은 고달픈 몸으로
청포를 입고 찾아온다고 했으니

내 그를 맞아 이 포도를 따먹으면
두 손을 함빡 적셔도 좋으련

아이야, 우리 식탁엔 은쟁반에
하이얀 모시수건을 마련해 두렴.

정진은 막힘없이 이육사 청포도를 술술 외웠다.

"어머나 정진 씨 대단하다. 시 감각이 뛰어나요! 시인 소질이 다분해요!"

정진은 대학 시절 문예반에서 활동했고 또 작품발표도 해본 터라 경화 얘기가 과장이라고 생각은 안 되었다.

"경화 씨! 이 포도가 우리 몸에 어디에 좋은지 아세요?"

"아, 그거요, 있잖아요. '레스베라트롤'이라고 항산화작용

물질이에요. 포도 산지인 프랑스 사람들은 '레드 와인'을 많이 먹어서 그런지 동맥경화, 심근경색 같은 혈관질환이 별로 없대요. 그리고 포도에는 항노화 물질이 다량 함유되어 유럽 사람들의 평균 수명도 높다고 합니다."

이런저런 사연 속에 시간은 흘러갔고 둘은 어느새 연인 사이가 되어 있었다. 어느 여름밤 유유히 흐르는 한탄강변 고운 모래사장에서 둘이는 자연스러운 포즈에 서로의 입김을 나누었다. 그녀의 풍만하고 뭉클한 젖가슴에 정진은 욕정의 불기둥이 머리끝까지 치솟아 올랐다. 정진의 한쪽 손이 그녀의 바지를 내리고 있었다.

"아! 정진 씨! 안돼요!"

그러나 이미 둘은 한데 엉겨 붙어 깊은 호흡을 조절하고 있었다. 얼마만인가! 정진은 조용히 눈을 감고 황홀에 젖어 잔잔한 바다 위에 순풍에 밀려가는 돛단배같이 흘러가고 있었다. 인생 극치의 '파라다이스'가 이것이란 말인가! 멀리서 성당의 종소리가 바람결에 은은히 들려왔다. 또한 선녀가 하얀 구름을 타고 넘실넘실 춤을 추고 있었다.

"정진 씨! 난 이제 천하를 다 얻었어요. 정진 씨만 같이 간다면 이 세상 끝까지라도 좋아요!"

둘이는 모래사장 위를 걷고 있었다. 정진은 잠시 상념에 잠졌다.

“참, 경화 씨 저 다리 무슨 다리인지 아세요?”

“글쎄요, 그건 왜요?”

“저 다리가 6 · 25 한국 전란 때 유명한 한탄강 전투로, 미군 1개 중대가 잠복했다가 북한군 1개 연대를 섬멸시킨 승전 기념의 다리이지요. 에반스다리, 중대장 마크 ‘에반스’를 따서 그냥 에반스라고도 하지요.”

“참, 경화 씨! 다리하면 생각나는 다리……뭘까요?”

정진은 서슴없이 미라보 다리를 낭송하고 있었다.

미라보 다리 아래 세느강은 흐르고
우리들의 사랑도 흘러간다.
내 마음 깊이 아로새기리라
기쁨은 언제나 고통 뒤에 오는 것을
밤이여 오라 종이여 울어라
세월이 흐르고 나는 남아 있다

조용히 시낭독을 감상하던 경화가 손을 저으며 제지한다.

“아! 슬퍼요?”

“이 시 결론은 뭔지 아세요? 서로 이별하는 슬픈 사연이지요.”

“아! 맞아요. 정진 씨. 슬퍼요.”

그럼 이 시는 어떨까요? 정진은 즉흥시를 읊었다.

에반스교 다리 아래/ 한탄강은 유유히 흐르고/ 달빛 교교히 비치고/ 별빛도 빛난다/ 끝없이 흐르는 영겁 속에/ 우리들의 사랑 싣고/ 이 세상 끝까지……

아, 다음은 생각이 나지 않았다. 다음은 경화가 채웠다.

배 띄워 노 저어서/ 영원한 별빛 등대 삼아/ 이 세상 끝까지 / 당신과 나 한 몸 되어/ 모진 풍파 닥쳐도/ 슬기롭게 헤쳐나가리.

“아 멋져요, 경화 씨. 시인이 다 되었어요.”

“뭘요……!”

경화는 수줍어하면서도 정진이 못 채운 부분을 보충해서 시 한 수를 완성했다는 것에 가슴이 뿌듯했다.

“정진 씨! 다음 주 휴가라고 했지요. 우리 ‘산정호수’에 가요. 이곳에서 가깝고도 경치가 수려하며 조용하니 연인들에게는 끝내준대요."

경화는 항시 그랬다. 매사를 주도적으로 끌고 갔고 적극적이었다.

"글쎄요. 우선 고향 부모님한테 인사드리고 시간되면요……"

정진은 깊은 생각을 하다가 말했다.

"참! 다음달에 군 제대 발령을 통보받았어요."

경화는 군 제대 소리에 눈이 휘둥그레졌다.

"어머나? 벌써 그렇게 됐나요! 아! 축하해요. 그리고 정진씨, 서울 가실 때 같이 나가요."

정진은 몇 군데 신고를 해야 했다. 그동안 신세도 많이 졌고 도움도 받았던 민간인들에게도 인사를 빼놓지 않았다. 원 장로님께도 인사차 들렀다.

"장로님 그간 신세 많이 졌습니다. 감사했습니다."

"주 병장! 내가 이 얘기를 꼭 해줘야 할 것 같아서 말인데…… 우리집 김 약사 말야…… 학교 때 사귀었던 남자가 그저께 왔다 갔어요."

순간 정진은 뒤통수를 쇠뭉치에 얻어맞는 것같이 머리가 아찔했다. 이때만 해도 둘은 철석같이 믿고 사랑하는 한 쌍의 원앙 커플이었다. 정진은 의아한 듯 물었다.

"그래요, 그럼 지금도 좋아해서 찾아왔나요?"

"그건 나도 몰라……알아서 처신하셔……?"

다음날 만난 경화가 말한다.

"정진 씨! 오늘 서울에 가실거지요? 제가 표 끊어 놀께요. 같이 나가요?"

"아닙니다. 경화 씨 내가 몇 군데 인사할 곳이 남았습니다. 경화 씨 먼저 가세요. 그리고 돌체에서 5시에 만나요."

"예, 알았어요."

그런데 오늘따라 정진의 표정이 평상시와는 다른 어두운 그림자가 그녀를 왠지 불안하게 했다. 정진은 눈을 감고 한참 동안 생각에 잠겼다. 원 장로의 마지막 한마디가 머릿속을 괴롭히고 있었다.

"알아서 처신하라?"

"……?"

귓전에서 맴돌고 있었다. 그동안 쌓아 올린 '사랑의 기쁨'이 허물어지는 것 같았다.

'모두가 수포로 돌아간단 말인가! 이제껏 좋아했든, 아니 죽도록 사랑했던 사이가 한순간에 물거품이 되어 가고 있구나? 아니다, 일단 본인한테 확인이 필요하지……'

원 장로한테 대충 얘기를 들은 경화는 불안한 마음으로 밤을 꼬박 세웠다. 정진의 소식이 궁금하여 출근했지만 안절부절하였다. 정진은 경화를 만나 자세한 얘기를 듣고자 구급낭을 메고 시내로 나왔다. 약국에 들르니 전부들 반가워했다. 마치 이산가족이라도 만난 듯이 반겨주니 순간의 기쁨이었다.

"어머나! 정진 씨!"

"……?"

경화는 정진을 보자 반갑기 한이 없었지만 속으로는 불안한 그늘이 있었다. 정진도 마찬가지로 무언가 전과 달리 선뜻 말도 못 꺼내고 엉거주춤 서 있었다. 눈치 빠른 원 장로가 시간을 내주었다. 잠시 대화를 나눈 뒤 자세한 얘기는 내일 서울 명동 음악다방 '돌체'에서 만나기로 약속하고 바로 부대로 돌아왔다.

먼동이 붉은색 노을을 뿌리며 아침 해가 솟아오르고 있었다. 갑자기 앰뷸런스(Ambulkance)의 거친 숨소리가 조용한 계곡에 요란하게 울리고 있었다. 왠지 예감이 좋지가 않았다. 잠시 후 온몸이 피투성이 된 보기에도 끔찍한 현상이 눈앞에 나타났다. 순찰 도중에 부비트랩을 건드려 지뢰가 폭발하였고 왼쪽 다리에서 심한 출혈로 봐 파편이 깊이 박혀 있을 것 같았다.

우선 지혈을 시켜야 했다. 힘 좋은 김 병장이 지혈대를 힘껏 조여 맸다. 그리고 링거를 꽂자 군의관 메디칼의무중대장이 후송일지를 쓰고 앰뷸런스에 싣고 제3이동육군병원으로 향했다. 군의관은 계속 맥박과 동공을 살피면서 운전기사를 독촉했다. 10여 분만에 무사히 제3이동육군병원까지 오자 헬리콥터가 날고 환자는 다시 서울 수도육군병원으로 이송되었다. 일단 소임을 끝낸 군의관 김 중위와 환자계 김 병장도 안도의 한숨을 쉬고 앰뷸런스는 부대로 향했다.

부대에 돌아오니 비상이 발령되어 있고 모든 부대원들은 외출금지였다. 11시가 넘어서야 아침 식사를 마친 정진은 화랑담배 한 개비를 물고 불을 당긴 후 힘껏 빨았다. 파란 하늘에는 무심한 흰 구름 몇 점이 유유히 흘러가고 있었다. 그제서야 서울 돌체다방에서 경화와 5시에 만나기로 한 약속이 생각났다. 그러나 비상이라 꼼짝을 못하고 연락도 취할 방법이 없었다. 혼자 기다리고 있을 경화를 생각하니 안타깝고 마음만 저렸다. 왜 하필 이때 비상까지 걸린단 말인가.

군대에서도 '머피의 법칙(Murphy's law)'이 적용되는 건가! 설상가상으로 밤 11시인데 간첩이 출몰하여 사령관 숙소가 위험하다는 급보가 왔다. 지리 여건상 사령관 숙소에서 제일 가까운 부대인 의무중대와 헌병대, 방첩대에서 특공대가 편성되었고 서 병장과 정진도 한 대원이 되었다. 무장은 M1에 실탄 100발과 수류탄 5개를 지급을 받았다. 별빛조차 없는 칠흑 같은 밤이었다.

서 병장은 원래 용감무쌍하고 매사에 적극적인 성격을 정진은 높이 평가하고 있었다. 부대 내에서도 둘이는 호흡이 잘 맞아서 단짝이 되었고 매사에 리더로서 활동하고 있었다. 서 병장이 앞서 낮은 포복으로 조심조심 산등성이를 향해 오르고 그 뒤를 정진이 따르고 있었다. 그때였다. 5m 전방에서 바스락 소리가 감지되었고 정진은 방아쇠에 검지를 올려놓고 격발하려는 찰나였다. 산토끼 한 마리가 놀라서 삼십육계로 내달려 도망쳤다. 정진은 안도의 한숨을 쉬고 마음을 평정하였다. 하지만 아직도 적은 어디에 숨어 있는지 모를 일이었다. 모골이 송연하여 온몸에서 소름이 끼쳤다. 그것도 잠시 어느새 동녘에는 노을 물결이 불그스레하니 비치고 있었다. 비상은 해제되었다. 태풍이 지난 후 고요한 바다같이 긴장이 풀리자 조름이 오기 시작했다.

한편, 경화는 오후 5시. 서울 명동에 있는 음악다방 '돌체'에서 2시간 동안을 기다렸으나 정진한테 아무런 연락이 없자 그냥 돌아왔다. 왠지 불안한 마음을 금할 수 없었다. 이 생각 저 생각하다가 돌아서는 발걸음은 무겁기만 하였다.

정진은 넘치는 바쁜 업무에 눈코 뜰 새 없었다. 잠시 짬만나면 서로의 궁금증과 상상의 나래는 풍선같이 자꾸만 커져가고 있었다. 옛말에 '일일여삼추(一日如三秋)'라 했던가. 불과 1주일인데 기다림이란 그렇게 먼 세월 이었다. 1주간이 지나고 토요일이 되었다. 이번에는 모든 궁금증을 밝혀야지 다짐을 하고 약국으로 달려갔다. 그러나 업무가 바빠서 경화에게 눈인사와 메모만 남기고 부대로 되돌아왔다.

미진한 업무를 정리하고 오후 3시 30분 버스를 예매하였다. 주말 경화와 약속한 대로 서울에 갔다. 명동에 있는 음악다방 '돌체'는 젊은 대학생들이 많이 몰리는 곳이라 복잡하긴 했지만 바로 자리 잡을 수 있었다. 비교적 한가한 쪽으로 자리를 정했다. 갑자기 정진의 목소리가 퉁명스럽고 힘없이 가라앉아 있었다. 경화는 금방 분위기를 알아차렸는지 평소 발랄하고 예쁘장한 얼굴에 수심이 차오기 시작했다. '도둑이 제 발에 저리다'는 속담같이 무언가 예감이 좋지 않았는지도 모른다. 정진보다 경화 쪽에서 불안과 근심의 표정이 역력했다.

"오늘 장로님한테 얘기 다 들었습니다. 도저히 믿어지지가 않는군요! 사실대로 말해 주시지요!"

"……!"

경화도 원 장로한테서 대충 듣고 나오긴 했지만 정진한테 뭐라고 해야 할지 준비가 안된 채로 나와 당황하기만 했다. 누가 먼저 말을 꺼내지도 못하고 시간은 그렇게 한참 흘러가고 있었다. 마침 그때였다. DJ의 음반이 바뀌고 마르티니의 이태리 가곡 '사랑의 기쁨'이란 음악이 흘러나왔다.

'사랑의 기쁨은 한순간이지만/ 사랑의 슬픔은 영원하지요/ 당신은 아름다운 실비아를 위해 저를 버렸고/ 그녀는 새로운 애인을 찾아 당신을 떠나요/ 사랑의 기쁨은 잠시 머물지만/ 사랑의 슬픔은 평생을 함께 하지요//'

가곡의 사연은 변함없는 사랑을 맹세한 애인의 사랑이 허무하게 무너지고 있다는 것을 암시하고 있었다. 순간 그 노랫소리는 정진의 가슴에 억제할 수 없는 슬픔이 폭포수처럼 덮쳐와 정신이 혼미하였다. 가슴이 요동치고 있었다.

마르티니(Jean Paul gide Martini:1741~1816)는 이태리 가곡 '사랑의 기쁨'을 작곡한 프랑스 작곡가이다. 오르간 연주자인 장 폴 에지드 마르티니는 불후의 명성을 안겨주었던 음악은 유명한 '로망스'이다. 그리고 '사랑의 기쁨'이라는 곡명과는 달리, 변함없는 사랑을 맹세한 애인의 사랑이 허무하게 변한 것을 슬퍼하는 비련의 노래이다.

'사랑의 기쁨은 어느덧 사라지고 사랑의 슬픔만 남았네. 눈물로 보낸 나의 사랑이여, 그대 나를 버리고 가는가? 아! 약속한' 이라는 내용의 이탈리아 가곡은 실비아라는 여인과의 이루지 못한 사랑에 대한 애절함과 그리움으로 가득한 한 사나이의 심정을 노래한 곡이다. 지나간 사랑을 잊지 못하고 괴로워하는 마음을 선율과 화음이 잘 어우러져 표현한 것이 이 곡의 특징이기도 하다.

서울 음악다방 '돌체'에서 흘러나오는 마르티니의 이태리 가곡 '사랑의 기쁨'은 마치 현재의 두 사람 관계를 극명하게 표현하고 있었다.

"저, 경화 씨. 아무리 생각해봐도 이해가 않갑니다?"

"아! 정진 씨! 그건, 그것은 저 학교 시절 클래스메이트였고 가까이 사귄 것도 확실해요. 하지만 지금은 아니에요."

그는 스스로를 부정하고 있었다. 그러나 정진은 이미 결심한 상태였다. 얼굴이 사색이 된 경화는 막 울음이 터져 나오기 직전의 야릇한 표정으로 정진을 응시하고 있었다. 그 표정이 원망의 표정인지 회한의 뜻인지 정진은 알 수 없었으나 이미 마음을 결심한 상태였다.

"왜? 진작에 말 안했지요?"

"……!"

경화는 할 말은 많았지만 도대체 입이 열리지 않았다. 자존심도 상하고 '우리의 사랑의 깊이가 이렇게 연약한 것인가?' 하고 생각하니 허무하기도 하고 이해 못하는 정진이 원망스럽기도 하였다. 정진의 의중을 알고 있는 듯 그녀는 스스로 무너지고 있었다. 아니 굳이 변명한다는 것이 구차하고 자존심이 상했는지도 모른다. 서울 명동의 음악다방 '돌체'에서 흘러나오는 마르티니의 이태리 가곡 '사랑의 기쁨'이 슬픈 두 남녀의 심금을 더욱 세차게 때리고 있었다. 30여 분 시간이 지날 때까지 둘은 말이 없었다. 드디어 정진이 입을 열었다.

"경화 씨!. 우리가 그동안 좋아했던 것도 사실이고 또 미래를 꿈꾸었던 것도 사실었지만……여기서 정리를 해야겠습니다. 당연히 갈 길이 따로 있으니 각자의 길로 갑시다. 아니 더 이상 할 말도 없어요?"

"자, 그럼!"

"……?"

"어머나 정진 씨. 나는 어쩌라고……?"

정진은 단호하게 말하며 일어났다.

"U-turn하는 수밖에 없지요. 어차피 우리네 인생이 U-turn이 아닌던가요?"

경화는 슬픈 사슴의 눈으로 조용히 읊조렸다.

"U-turn…… U-turn……!"

정진이 먼저 일어났다. 밖에는 주룩주룩 비가 내리고 있었다. 경화는 말없이 고개를 푹 떨군 채로 발걸음을 움직이지도 못하고 장승처럼 서 있었다.

경화는 드디어 울음을 터트렸지만 이미 정진은 서울역을 향해 터벅터벅 빗길 사이로 뒤도 돌아보지 않고 그냥 가고 있었다. 매정한 사람 같으니…… 경화는 정진이 원망스럽기 짝이 없었다. 떠나는 정진도 섭섭했다. 그렇다고 떠나는 사람 붙잡지도 않고 그냥 포기하는 경화도 원망스럽기는 했지만 다시 뒤 돌아서기에는 자존심이 허락하지가 않았다.

정진을 태운 열차는 경기평야를 거쳐 천안을 지나 뚜- 하고 기적을 울리며 대전역 플랫폼에 숨을 가다듬으며 멈춘다. 차내 방송이 나온다.

"승객 여러분 대전역에 도착했습니다. 잊은 물건 없이 안녕히 가십시오."

서울 돌체다방에 경화를 두고 대전에 온 정진은 차마 발걸음이 떨어지지 않았다. 저 편 하늘만 쳐다보았다. 문득 보문산 등성이에 유난히도 반짝이는 별을 보았다. 지난여름 저녁 둘이는 한탄강변에서 북두칠성을 보며 '저 별 일곱 개는 우리의 행운을 지켜주는 별'이라며 손가락을 걸며 언약했던 추억이 별빛 따라 시나브로 스친다.

"별 뜨는 밤이면 서로를 기억하자!"

"좋아요. 우리 그러기로 해요."

정진은 인연에 대하여 생각을 해보았다.

'인간이 이 세상에서 사는 것은 별이 하늘에 있는 것과 같은 것. 별들은 저마다 신에 의하여 규정된 궤도에서 서로 만나고 또 헤어져야만 하는 존재이지. 그것을 거부하는 것은 전연 무모한 짓이든지 그렇지 않으면 세상의 모든 질서를 파괴하는 것이지. 깊은 물속에 잠기듯이 감정의 밑바닥까지, 인연이 쉬고 있는 밑바닥에 이르기까지 깊은 생각에 잠기는 것 아닌가? 인연을 아는 것은 사고요, 사고를 통하여서만 감각은 인식이 되어 소멸되지 않을 뿐 아니라 본질적인 것이 되어 그 속에 있는 것이 빛날 수 있다고 생각하는 것아닌가……!'

집에 돌아온 정진은 며칠 동안 곰곰이 생각해 보았다. 실의와 슬픔에 빠져있는 경화를 생각하니 너무나 안타깝고 가슴 아픈 일이었다. 한편으로는 무정하고 잔인하게 선언한 자신을 원망하고 당황하였으리라 생각하니 자신이 부끄럽고 경솔했나 싶었다. 며칠을 새웠다.

사랑의 편지를 가슴속에 썼다가 지우기 수십 번. 그러다가 경화를 이해하기로 했다. 그러면서 답답한 맘으로 마르티니의 이태리 가곡 '사랑의 기쁨'을 감상했다.

사랑의 기쁨은 한순간이지만
사랑의 슬픔은 영원하지요
당신은 아름다운 실비아를 위해 저를 버렸고
그녀는 새로운 애인을 찾아 당신을 떠나요
사랑의 기쁨은 잠시 머물지만
사랑의 슬픔은 평생을 함께 하지요.

2
Again U-turn

Again U-turn 2

충남 공주 우리들유턴요양병원에서

'주정진'은 서울 S대학을 졸업하고 논산훈련소를 거쳐 대구 군의학교를 마친 후 전방 케미칼부대사령부 의무중대에 배치를 받아 복무하다가 제대하였다. 정진은 군대 제대 후 미국 경영대학원(MBA. Master of Business Administration)에서 공부를 하고 있었다. 군대 시절 한탄강변에서 쌓은 약사 '경화'와의 실연을 잊을 겸 태평양 건너 미국 유학을 선택했었다.

미국 MBA는 20세기 초 미국에서 태생하였기 때문에 보통 미국 경영학 석사 중 실무를 중심으로 운영하는 커리큐럼 학제이다. 이후 유럽이나 기타 국가에서도 이를 모방한 형태의 교육과정을 신설하면서 미국 MBA를 모태로 운영한다. MBA는 교육과정의 특성상 업무경력, 에세이, 추천서, GMAT, 학부 전적 등 다섯 가지를 중요한 요소로 운영한다. 정진은 한국의 유명 S대학을 졸업 후 태평양 건너 미국 MBA 경영대학원 프로그램에서도 단연코 우수한 성적으로 앞서고 있었다.

어느 날 정진은 높이 뜬 하늘을 우러러보며 생각을 했다.

'마치 조국의 푸른 하늘은 나를 부르고 있구나!'

지나간 세월들을 손가락을 꼽으며 곰곰이 생각해보았다. 눈만 감으면 고국산천이 떠오르고 부모 형제들의 모습이 눈물처럼 다가오곤 했다. 정진은 생각했다.

'내가 이처럼 타국에 와서 고생하며 공부를 많이 한 이유는 내 조국 대한민국의 발전에 기여하려고 했던 것 아닌가? 특히 요즘 고국의 경제 사정이 어렵다는데……? 가자, 내 조국 내 산하를 찾아서 조국 발전에 한 장의 벽돌이라도 되자!'

정진은 그리도 벼르던 귀국길에 올랐다. 금의환향(錦衣還鄕)하는 맘으로 부푼 꿈 가득 안고 한국 인천행 비행기를 탔다. 몇 년 만의 귀국인가? 이역만리(異域萬里) 미국에서 석 · 박사 학위를 얻는데만 무려 7년이 걸렸다. 그러니까 2003학번이니까 대학 4년 군대 2년 합치면 무려 15년이란 세월을 학교와 연구실에서 보낸 셈이다.

밥 먹기 힘든 시절 스펙을 쌓는 것만이 남보다 앞선 실력을 인정받을 수 있었다. 덤으로 MBA까지 마치고 원대한 그야말로 이쯤이면 거의 완벽하다고 생각하고 귀국하자마자 모교 은사인 '김희망 교수님'을 찾았다.

"아니, 이게 누구인고오? 주정진 박사 아냐!"

"교수님 그간 안녕하시었지요?"

"아, 그럼 반갑네. 반가워."

"귀국 인사차 맨 먼저 찾아뵈었습니다."

몇 년 전 김희망 교수님은 '세계자원분석학회'에 논문 발표차 미국 LA에 있는 UCLA대학에 오셨을 때 총장님과 연구실 교수들을 일일이 소개하면서 입에 침이 마르도록 김희망 교수를 칭찬하며 소개한 일이 있었다. 당시 미국 서부지역 관광도 시켜드렸다. 그랜드캐넌, 자이언캐년, 브라이스캐년을 거쳐 밤의 도시 라스베가스에서 하룻밤을 보내신 일이 있었다. 그토록 모교 은사에 각별히 신경을 썼던 것이다.

"교수님 송구합니다만, 혹시 모교에서 일할 수 없을까요?"

"아, 그게 한발 늦었네. 아깝게 됐구먼! 불과 한 달 전 전임교수 한 분을 초청했지, 그것도 주정진 박사의 전공과 같은 '생명공학'이지. 아깝네!"

"예 그랬어요, 할 수 없지요."

"은사님, 앞으로도 더 알아봐 주시면 감사하겠습니다."

"아, 그럼 여부있나……?"

"교수님 고맙습니다."

정진은 실의에 찬 걸음으로 터덜터덜 모교의 교문을 빠져나왔다. 하루가 저물어 가는 으스름한 거리는 낯설기만 했다. 학창 시절 흔히 잘 다니던 종로 5가 통에는 '선창집'이란 허술한 대폿집이 있었지만 오늘은 찾을 수가 없다. 아마 리모델링해서 고급 음식점이 생긴 듯했다. 그렇다고 혼자서 술집에 들어갈 수도 없어 대학 친구 '송잘나'를 불러냈다.

송잘나와는 대학 4년 동안 같은 실험대에서 실험하고 항시 같이 붙어 다닌 수족 같은 사이였던 친구가 아닌가! 때에 따라서는 대신 리포트를 써 주었고 서로가 손이 돼주고 발이 되어 주었던 뗄 수 없는 형제보다 더 끈끈한 친구가 아니었던가! 우리는 옛 추억을 되새기며 종로의 허름한 삼겹살집에 들어갔다. 시장도 했고 긴장도 했던 터라 소주 맛이 좋았다. 하긴 지금 소주를 먹는 것이 아니라 옛 추억을 마시고 있는 것이다. 벌써 네 병째 뚜껑을 땄다. 오랜만에 먹는 술인데도 취하지 않고 기분만 좋았다.

"나 이제 어쩌면 좋겠냐?"

"야! 걱정마라. 하늘이 무너져도 솟아날 구멍이 있다잖아!

벤처기업하는 방법도 있고, 근무약사로 들어가는 방법도 있구. 요즘은 한국에 요양병원이 많이 생겨 약사가 모자란다네. 자! 오늘은 술이나 먹고 내일 일은 내일에 맡기자."

"넌 걱정 없으니 그럴지 몰라도 나는 요즘 잠이 안 온다. 넌 애당초 한국에서 뿌리를 내렸어. 이제는 대형약국에 제약업까지 이뤘으니 성공한 것 아니냐! 성공도 대성한 거지. 난 말야 네가 제일 부럽다구. 세상 살아가는데 뭐니 뭐니 해도 돈이 최고더라구. 미국에서도 그렇더라구. 너도 알다시피 난 홀어머니가 있잖아. 아버지는 결혼 첫날밤을 지내고 영장을 받아 군에 입대했다지. 그리고 얼마 안 있어 논산훈련소에서 교육 중에 유탄에 의해 순직을 하셨어."

"음, 그으래?"

"청상과부가 된 어머니는 닥치는 대로 일을 해서 나를 키웠다네. 건축현장, 음식점, 가정부까지 안 해본 것 없을 정도였다네. 그리고 '우리 아들 대학교수' 만든다고 자랑하고 다녔다지. 즉 내가 엄마의 우상이 된 거지!"

정진은 친구 송잘나와 밤이 늦도록 주거니 받거니 취하여 헤어졌다. 그런 얼마 후에 대학 친구 송잘나한테 연락이 왔다. 충남 공주에 있는 '우리들유턴요양병원'에 약사 자리가 있는데 잠시 가 있어 보라는 것이다. 처음에는 망설였지만 귀국 백수인 주제에 선택의 여지가 없었다.

정진은 공주 '우리들유턴요양병원'에 가기 전 약간의 여유가 생겼다. 그래서 군대생활 때 근무하던 경기도 연천에 다녀오기로 하고 서울 북부 상봉터미널에서 연천행 버스에 올랐다. 연천약국과 '원 장로'와 '경화' 소식을 듣고 싶어서였다.

군대 시절 자주다니던 길목이라서 길가 가로수와 상점이 눈에 익었다. 지난 군대 시절 경화와 함께 서울 명동 '돌채다방'을 다니던 지난 시절이 생각난다. 이런저런 생각에 잠기는 사이 정진을 태운 버스는 연천터미널에 도착했다. 군대 시절 똥가방을 들고 약을 구입하러 다니던 사거리에 병원과 담배가게, 꽃집 등이 그대로 있었다. 경화가 가끔 사주던 '홍콩반점'을 지나 연천약국 간판을 보고 문을 열었다.

"삐이꺽—삐이꺽—"

"안녕하세요. 장로님."

원 장로는 반가운 듯 안아주며 인사를 한다.

"어머나, 이게 누구야. 주 병장님 아냐?"

"네. 미국에 다녀왔어요."

원 장로와 정진은 반가운 모습으로 커피를 마시며 그간의 안부를 나누었다. 정진의 최대 관심사인 경화에 대한 안부를 물으니 원 장로는 혀를 차며 이렇게 말한다.

"주 병장님이 군대 제대 후 경화는 이곳을 떠났어요. 물론 예전 대학 시절 사귄 더덕머리 총각과 결혼을 위해서이지요. 그런데 결혼 1년도 못되어 이혼했어요. 글쎄, 그 더벅머리 총각이 경화가 이곳에 와 있는 사이 다른 여학생과 사귀었다지 뭐예요? 그 잘못된 남녀의 만남은 결혼 후에도 이중생활로 이혼했어요. 경화는 착한 여자인데 그 더벅머리 총각이 나쁜 사람이지…… 쯧쯧쯧……"

이어지는 원 장로 말은 이렇다. 그 후 경화는 이혼에 따른 실성한 듯 지냈다. 그런 어느 날 친척의 소개로 경남 거제도 선박 10여 척을 가지고 애가 하나 딸려 있는 부자 남자한테 재혼했단다. 그런데 그 무슨 박복한 탓인지 재혼한 그 남자는 멀리 고기잡이 나가 태풍에 휩쓸리어 죽어 경화는 다시 과부가 되었단다. 경화는 경남 거제도에서 통영으로 이사하였단다. 그 후 혼자 살면서 연천에서 맺은 첫사랑 '정진'을 그리며 술에 중독되어 결국 통영 앞바다에 스스로 몸을 던져 자살했다.

경기 연천약국에서 경화의 비보를 들은 정진은 허겁지겁 약국을 나와 경화와 자주가던 홍콩반점에 들러 빼갈과 탕수육에 만취하여 쓰러졌다. 나중에 정신을 차리고 보니 버스는 서울 북부 상봉터미널에 와 있었다.

정진은 간밤 연천에서 과음으로 인하여 아침 늦게 눈을 부시시 떴다. 비몽사몽간에 문득 시상(詩想)이 떠올라 「그리운 그대」라는 시를 한 편 썼다.

그리운 그대

보랏빛 색깔에 사슴 닮은 그대
그 시절 한탄강 모래사장을 뒹굴며
사랑을 나누던 그대

별이 뜬 밤
저 별은 나의 별
저 별은 너의 별
저 별은 우리들 별

하모니카 소리
사슴 닮은 눈망울
눈물을 흘리던 그대

그 무슨 슬픔

그리 많아
아프다가 아프다가
통영 앞바다 저 별이 되었나

오늘 따라 그리운 그대
눈물겹도록 그립구나
내 그리운 그대여!

비가 추적추척 오는 날. 정진은 쇼핑백 하나 챙겨 들고 강남터미널에서 오전 8시 공주행 고속버스에 몸을 실었다. 차창 밖에는 온통 푸르른 산천초목들이 봄비에 촉촉이 갈증을 풀고 있었다. 홀어머니한테는 잠시 동안이라고 설득은 시켰지만 어머니 속내는 서운함이 가득 차 있었다. 세계 최고의 MBA대학 약학박사가 겨우 한국의 시골 공주요양병원에서 근무한다는 것은 도저히 자존심이 허락하지를 않았다. 스스로 생각을 했다.

'그러나 어쩌랴, 그게 다 너의 운명이고 나의 운명인 것을……'

충남 공주버스터미널에서 내려 택시를 타고 '우리들유턴요양병원'을 찾았다. 정안면주민센터 소재지에 있는 병원은 농촌의 서정이 넘치는 목가적인 전원마을이었다. 마침 아침 조회시간이었다. 병원 조직 구성도를 보니 베드가 450, 의사 수만 11명, 그리고 한의사 1명, 약사 1명, 간호사 100명, 물리치료사 5명 그 외 사회복지사, 영양사 등 200명과 운영의 주체인 병원 '박밀어 이사장'과 '이분별 상임이사' 외 6명의 이사진이 있는 대가족이었다. 병원 규모도 꽤 크고 시설도 현대적이어서 다소 안심이 되었다.

이력서를 본 박밀어 이사장은 좋다며 '이보령 원장'에게 이력서를 건낸다. 이 원장은 인상이 좋은 미모의 미혼 여의사였다. 이력서를 보더니 깜작 놀란다.

"아니 이 훌륭한 이력을 가지고 이런 시골병원을 찾으시다니요!"

"아닙니다, 공기도 맑고 이런 전원풍광을 원래 좋아합니다."

며칠 후 이 원장은 조용한 저녁 시간에 정진을 불러냈다.

"이력을 보니 박사학위뿐 아니라 미국 MBA학위까지 하셨네요. 우리들유턴요양병원이 지금 문제가 좀 생겼는데요? 주박사님이 경영진단 좀 해주셔야 되겠습니다."

이 원장은 예의 재무제표를 꺼내 놓았다. 몇 달 전부터 이상하게 월말마다 숫자가 맞지 않는다는 것이다. B/S(대차대조표)와 P/L(손익계산서)를 보니 가공거래나 분식회계가 원인이라고 말해주었다. 그 후 이 원장은 원무과에 문제가 있음을 알아냈고 박밀어 이사장에게 보고를 했으나 유야무야 소식이 없었다.

정진이 처음 우리들유턴요양병원에 부임하고서는 공주 정안면의 농촌의 목가적인 자연과 맑은 공기가 맘에 들었고 병원 분위기도 가족적이어서 비교적 빨리 마음이 안정되었다. 특히 이 원장의 배려에 맘 편하게 지내고 있었다. 그녀도 미국유학파이어서 유유상종으로 가끔 데이트를 즐기며 시간을 보내고 있었다. 서로 작은 일 하나에도 배려와 우정을 느꼈고 눈길 하나에도 따스한 봄볕이 다가오듯 하였다.

정진은 우리들유턴요양병원에서 의료진과 호흡을 맞추며 병원생활에 적응하고 있었다. 그러던 어느 날 정안면 소재지에 있는 '온누리밤골약국'의 후배 심재학 약사로부터 연락을 받았다.

"선배님 오늘밤 공주 공산성 금강가에서 백제문화제가 열리는데 같이 바람쐬러 갈까요?"

"좋치요. 심 약사 아우님 고마워요."

무료하던 터에 주정진 박사는 이보령 원장과 복지과 이돌봄 사회복지사와 동행하여 공주시내 금강가로 갔다. 행사장은 유서깊은 백제문화제답게 다양한 문화컨텐츠로 열리는 행사에 국내외 많은 관람객으로 인산인해를 이루고 있었다.

백제문화제는 백제인의 얼과 슬기를 드높여 부여와 공주인의 긍지를 높이고 백제문화를 계승, 발전시키기 위하여 열린다. 이 축제는 1955년 부여군민이 부여산성에 제단을 설치하고 백제의 삼충신(三忠臣)에게 제사를 올린 데서 유래했다고 심재용 약사가 소개한다. 이어 1965년까지는 백제의 도읍지였던 부여에서 열리다가, 1966년 주최자가 부여군에서 충남도로 승격되면서 공주에서도 동시에 벌어지게 되었단다.

주요 행사는 전국시조경창대회, 궁도대회, 불꽃축전놀이, 삼산제, 백제왕 천도, 백제대왕제, 수륙제, 가장행렬, 전통민속공연, 백제역사 문화체험, 학술세미나 및 백제왕, 왕비, 왕자 선발 등이 펼쳐진다.

심재용 약사의 설명에 따라 행사장을 돌던 정진은 한편에 붙은 현수막에 눈길이 간다. 그래서 심재용 약사, 이보령 원장, 이돌봄 사회복지사에게 말했다.

"우리 저기 시낭송 행사장으로 가서 구경합시다."

이보령 원장이 묻는다.

"왜요, 좋은 프로그램이 있나요?"

심재용 약사가 말한다.

"아! 우리 주정진 박사님은 대한약사문인협회에서 시인으로 활동하시지요? 그것을 깜빡했네요."

이돌봄 사회복지사가 말한다.

"아, 그래서 주 박사님이 근무 중에 시간이 날 때마다 무엇인가 쓰고 있군요?"

이때 이보령 원장이 끼어든다.

"시뿐이 아니어요? 하모니카 솜씨도 일품이어요. 의사와 약사들 사이에서 소문난 멋쟁이로서 이 시대 마지막 풍류객이랍니다. 우리들유턴요양병원에 인물이 들어 왔어요. 호호호—"

정진은 겸연쩍은 듯 말한다.

"아이고 원장님도 무슨 말씀을……!"

무대에서는 비영리 문화나눔봉사 민간단체 '한국문화해외교류협회' 주관으로 '백제의 얼 시로 담아내다'라는 주제로 시낭송과 성악감상, 악기를 연주하고 있었다. 야간 불빛과 함께 화려한 조명과 불빛을 받으며 무대에서는 김정화 시인의 사회로 행사가 열리고 있었다. 첫 시그널에는 대전중구문인협회 소속의 장윤자 시낭송가가 부여 출신 '윤순장' 시인이 쓴 「계백의 달」을 낭송하고 있다.

백중보름이라 했다
그런 날이면 어쩌다 붉은 달을 볼 수 있다 했다

나는 그 달을 가슴에 품었다
내 생애 처음으로 한 남자를 만나 품었던 뜨거운 가슴으로
달이 울고 있었다
붉게 멍든 가슴으로 울음 삼키고 있었다

아련한 등잔불 밑으로
다소곳이 아미 숙여 오는 밤이면
하, 조신하여 하얀 보름달 같았을 백제의 여인
깊고 아득한 눈빛으로 나신(裸身) 슬어 내리며
굵고 단단한 두 팔로 그녀의 부드러운 허리를 안을 때마다
이 뜨거움은 무엇이란 말이냐
사랑이란 대체 무엇이란 말이냐, 곰삭이며
젊은 계백은 되뇌었을 것이다

칼을 받아라
나의 마지막 사랑이니라
여인은 울지 않았다, 허리를 곧게 펴고
계백의 깊은 눈 속으로 빨려 들어가듯
그 큰 사랑이 황홀하여 목을 길게 늘였다
늙으신 어머니와 아이들이 잠에서 깨어나고 있었다

백사장에서 평화롭게 모시조개를 건져 올리던 아이들
백강 위로 짙은 안개 서서히 풀리며 햇살 드러나고 있었다

계백은 울지 않았다
백제불멸의 제단에 바쳐질 운명
운명에 앞서 이미 스스로 내일을 정각했던 계백
그는 아들을 베인 칼을 함부로 휘두르지 않았다
투구를 들어 올린 소년은 입술이 붉었다
끝내 되돌아온 화랑의 용(勇)과 기(氣)를 죽일 수는 없었다
아비의 가슴으로 관창의 머리를 돌려보냈다
죽이지 않는 것이 자극하지 않는 것임을 계백은 익히 알고 있었다.

황산벌 불멸의 신화는 아직 끊나지 않았다
이제 시작일 뿐이다
세상의 그 어느 사랑이
목숨을 접수함으로 사랑을 완성한 계백의 사랑보다 더 고귀한 사랑 있으랴
하늘까지 뻗힌 장도의 날 끝에서 영원히 빛부실 휴머니즘이여

21세기의 청명한 동편의 밤하늘에
피를 삼킨 붉은 달이 울고 있었다
계백의 달이었다

머리에 빨간 띠를 두르고 비장하며 장엄한 자세로 백제의 혼을 담은 시를 원숙하게 절창하는 장윤자 시낭송가의 모습이 백제문화제 행사장을 압도하고 있었다. 이어 대전 오지은 시낭송가가 우아하며 고운 한복을 입고 시낭송을 한다. 시 제목은 충남 보령 출신 대전 한진호 시인의 「몽돌의 노래」이다.

바닷가에서 주어 온
돌의 노래가 들린다

바람과 파도 소리
'철썩 싸 르 르 철썩 싸 르 르'
수억 년을 두고 뼈를 깎는 소리
켜켜이 숨어있는 비밀을 캐고자
한 겹 두 겹 벗겨냈다

그 속에서 잠자던 '시조새'는

슬며시 눈을 뜨고
낯선 외계를 살폈다

푸른 하늘이었다
돌을 박차고 힘껏 날았다
그러나 꿈적도 안 했다

영어(囹圄)에서 벗어나지 못한 새
지금도 책상 앞에서 날개를 퍼덕인다
무한(無限)의 한(恨)을 삭히지 못한 울음소리
밤이 깊어지자 점점 더 커졌다

시낭송과 함께 다양한 문화컨텐츠 행사가 열리고 있었다. 공주지방에서 활동하는 손보정 가수의 열창이 있었는가 하면, 대전 송미장 색소포너의 연주가 있었다. 또 대전 김애경 성악가의 고요한 성악감상이 있었다. 무대 배경은 충남 금산 칠백의총문화제 심사위원인 이영화 화백의 격조 높은 백제 상징의 말과 강가의 돛단배를 그렸다. 이로 인하여 백제문화제 분위기를 한층 돋보이게 하는 '한국문화해외교류협회 행사장'이었다.

일행은 행사장 관람을 마치고 시원한 밤공기를 마시며 금강가 어둠 사이로 축제 등불이 예쁘게 걸린 공산성 아래 강나루를 걸었다. 저만치 포장마차가 있어 일행은 빈대떡에 공주 밤막걸리를 마셨다. 정진은 잔에 술을 가득 붓고 이 원장과 일행을 행하여 건배를 외쳤다.

"원장님 제가 공주 밤막걸리로 건배를 하겠습니다. 건배는 '청바지'로 하겠습니다. 청-청춘은, 바-바로, 지- 지금부터이다. 하하하—"

"청바지. 하하하—호호호—"

정진은 이 원장과 금강가를 거닐며 인생과 문학, 사랑이야기를 나누었다. 서로 손을 잡고 걸으며 따뜻한 정의 교감을 나누기도 했다. 까아만 어둠을 뚫고 저 멀리 불빛이 물가에 하늘거린다.

조금 전 백제문화제 무대에서 낭송된 장윤진 시낭송이 격조높게 읊조리던 시구가 귓가에 쟁쟁하다.

'백사장에서 평화롭게 모시조개를 건져 올리던 아이들/ 백강 위로 짙은 안개 서서히 풀리며 햇살 드러나고 있었다…… (中略)//'

다시 반복되는 우리들유턴요양병원의 일상. 이른 아침 해맑은 햇살이 공주 정안면 요양병원에 힘차게 비추고, 저녁에는 유구 쪽 하늘을 빨갛게 물들이며 한 해를 넘기고 있다. 정진이 이곳에 온 지 1년이 넘어가고 있었다. 그러던 어느 날 이 원장이 조용히 정진을 찾았다.

"이번 주말에도 서울 가셔야되나요? 이 고장 정안면에 밤꽃 축제가 있는데요. 서울 가시지 말고 축제장으로 제가 안내를 해도 될까요? 주 박사님."

"저야 고맙지요!"

밤꽃향이 한창 무르익던 오월 마지막 주말 주 박사는 이 원장의 안내로 밤꽃 축제장을 찾았다. 아침 햇살은 안개 자욱한 농촌 마을 속살을 살짝 벗겨내더니 넓고 푸르런 초원을 바람결이 가르고 있었다. 마치 지난밤의 드레스를 미쳐 챙겨 입지도 않은 전라(全裸)의 자연 그대로 경관이 얼마나 아름다웠던지 감탄사가 절로 나온다. 밤꽃길을 걸으며 정진은 옆의 이 원장에게 물었다.

"원장님은 참 행복하십니다. 이렇게 공기 좋고 전원적인 자연에서 나오는 기(氣)는 우리 인간에게 엄청난 에너지를 가져다주고 스트레스도 풀어주지요!"

"네, 저는 현재가 참 좋아요."

밤꽃향이 코끝을 자극하니 말초신경이 곤두선다. 언젠가 느꼈던 비릿한 야성적인 향기였다. 막 피어나는 백합 향기 같은 여인의 채취에 나도 모르는 사이에 몸속에서는 세로토닌(Serotonin)이 분비되고 서로의 손끝에서는 야릇한 전율이 교감되고 있었다. 특히 밤꽃 냄새는 여성의 감성을 자극하여 본능적인 욕정이 타오르고 있었다.

두 사람은 약속이나 한 듯이 가던 걸음 멈추고 덩치 큰 밤나무 밑에서 얼싸안고 숨을 몰아쉬고 있었다. 누가 먼저랄 것도 없이 둘이는 밤꽃나무 밑으로 나뒹굴었다. 정진은 이 원장의 입술을 덮치고 손은 부풀은 가슴을 감싸쥐고 있었다. 밑에서 숨을 헐떡이는 이 원장의 손은 정진의 양 어깨를 감싸 쥔다.

"사랑했어요! 아— 이 향취—"

"저도요. 흐이잉—"

"흐으윽—"

"어머나 이를 어째—?"

잔잔한 호수에 파문이 인다. 그 위로 돛단배 하나 시나브로 슬며시 노닐고 교교한 달빛이 온몸을 휘감는다. 그러다가 어디선가 높새바람이 부는가 싶더니 돛단배를 뒤집고 호수 한가운데로 내몬다.

휘리릭—휘리릭— 신음과 욕정의 바람소리가 온통 호숫가

를 붉게 물들인다. 마치 호수 가운데에 높이 이는 용 한 마리가 포효(咆哮)하듯이 우르릉—우르릉— 얼마의 시간이 흘렀을까 돛단배가 다시 달빛 아래 은빛의 호수 위를 조용히 흘러간다. 숨이 찬지 쉬었다 가고, 또 쉬었다 가며 슬며시 한쪽으로 내몬다.

정진은 우리들유턴요양병원에서 의료진과 호흡을 맞추며 생활을 하고 있었다. 정진은 병원 근무 2년여가 되어가면서 회의가 들기 시작했다. 시간이 지날 수록 주변 상황이 그의 맘을 흔들고 있었다. 우선은 병원의 노조가 문제였다. 별일 아닌데도 여차하면 병원 복도에 직원들이 앉아 이사장과 이사진의 병폐적인 경영문제와 인사문제, 보수문제로 시위를 했다.

조용하고 안정적이어야 할 병원 복도에 꽹과리를 들고와 굉음을 내었다. 그러자 환자가 하나 둘씩 퇴원하고 다른 병원으로 옮겨가 병실이 비어졌다. 또 더 큰 문제는 병원 '박밀어 이사장'과 원무과 '해볼래 여자 과장'과의 통정(通情)으로 인한 운영비 변태 지출이 큰 화두로 떠올라 병원 안팎이 시끄러웠다. 박 이사장과 함께했던 행운의 여신은 출렁이는 어둠 속으로 사라지고 있었다

또한 인근 기업체에서도 시위는 심심찮게 일어나고 있었다. 대부분 보수를 더 달라는 것이었다. 주변의 말을 들어보면 경

영실적이 안 좋은 데 자꾸 직원들이 복지만 요구한단다. 어디 이뿐인가? 서울 여의도 국회의 당리당략 투쟁, 고위공직자들의 부패만연, 각 지방의 크고 작은 이권분쟁 등 나라가 온통 총체적인 신음에 허덕이고 있었다.

'과연, 이 어지러운 내 조국 이 나라에 미약한 내가 무슨 보탬이 될까……?'

그동안 외국에서 배운 학문의 실천을 하고는 있지만 주변 상황은 유학 귀국파 정진을 힘들게 하고 있었다. 정진은 병원 휴게실에서 이 원장과 함께 차를 마시며 의논을 했다.

"원장님 내 사랑 고국은 이런 곳이 아니었는데? 왜 이리 개인주의와 배금사상, 정치적 이데올로기가 팽배하였단 말인가요?"

"그러게요? 이제 세계 10대 경제대국이 되면서 배부른 이반현상이 나타나는 것 같아요. 주 박사님 저도 미국 유학파인데 지금 맘이 흔들리고 있네요."

"휴- 근래 고국으로 안착했다가 다시 외국으로 가는 분들 심정을 이해합니다."

"어렵게 다져 논 지금 선진의식으로 깨어나 잘해야 할 터인데요?"

정진은 이 원장에게 물었다.

"원장님 그런데 왜 병원 이름이 '우리들유턴요양병원인가요?"

그러자 이 원장은 손으로 입가를 막으며 말한다.

"호호호— 들리는 말로는 이 병원 운영자 박밀어 이사장이 지었대요. 다른 병원을 가다가 이 병원으로 유턴하라는 말도 있어요. 또 하나는 이 부근에 유구면이 있는데 그곳 터널 앞에서 이곳 병원으로 유턴하라는 뜻도 있다는데요? 호호호—"

정진은 웃으며 대답한다.

"별스런 이름도 다 있네요? 하하하—"

"혹시 주 박사님도 미국으로 유턴하지 마세요?"

"모르지요. 혹시 그럴지……? 허허허—"

"만약 주 박사님 유턴이면 저도 유턴입니다. 호호호—"

"허허허— 그것 좋으네요. 어차피 우리네 인생이 유턴이 아니던가요? 하하하—"

그러기를 상당한 기간이 지났다. 정진의 마음에 구체적인 동요가 일어났다. 지난밤을 새우며 고민하던 정진은 병원 원장을 경유 이사장에게 사직서를 제출했다. 이 소식을 들은 이보령 원장은 며칠만 더 기다려 달라고 하면서 저녁 식사에 초대했다. 공주시내에서 금강가에 있는 한식으로 유명한 '웅진맛집식당'이었다.

이 원장이 정색하고 물었다.

"정말 주 박사님 사직할 건가요?"

정진은 진중하게 대답했다.

"네, 이 병원에 적응이 어렵고, 이 나라 전체도 좀 그럽니다."

"네, 박사님!"

이 원장이 말한다.

"박사님 저도 오래전부터 그만두려고 하던 참이었어요."

정진은 자리를 바르게 앉으며 말했다.

"아, 그래요? 하여튼 저는 원장님 덕분에 그간 편하게 잘 있었습니다. 감사했습니다."

식사 중에 반주로 맥주를 몇 잔 마시는 사이 둘은 기분 좋게 취했다. 이제는 아주 오래된 친구 같았고 그동안 못다 한 깊은 속내를 다 털어놓다보니 오늘 이전에 두 사람은 이미 서로 사랑을 하고 있었음이 확인이 되었다. 취중 비틀거리며 둘은 까아만 어둠을 뚫고 금강가 인근 호텔로 들어갔다. 그렇게 밤은 깊어갔다. 그리고는 두 사람만의 나래로 빠져 들어갔다.

지난밤 애잔한 사랑의 훈풍유희가 있었는가 하면 노도의 강풍이 몰아치는 격정에 우는 듯 웃는 듯 사무쳤었다. 서로가 그리웠고 사랑했기에 여한이 없는 까아만 밤을 열정의 도가니로 태웠다. 그렇게 태운 까아만 밤이 여명 앞에 수줍게 나신(裸身)을 보여주고 있었다.

백제 유민의 여한을 안고 흐르는 금강 충남 공주 공산성 아래에 있는 호텔 블라인드 사이로 비쳐 들어온 아침 햇살은 지난밤의 두 알몸의 영상을 인증샷이라도 하듯 더욱 선명하게 비춰 주고 있었다.

며 칠 후 정진은 미국 UCLA대학 연구실에서 같이 공부했던 친구로부터 한 통의 전보를 받았다.

〈이곳 일이 잘되어 가고 있음. 빨리 돌아 올 것!〉

— Jhon martine

미국 UCLA대학 연구실 친구 셋이서 벤처기업 창립을 목표로 연구하던 프로젝트가 있었다. 벤처기업 인증을 받으면 최대 매년 20만 달러씩 3년간 정부지원을 받을 수 있다.

서둘러 어머님께 인사드리고 앞으로 3년만 더 기다리시면 그때는 큰 부자가 돼 가지고 온다고 말씀드려 겨우 승낙을 받아냈다. 물론 생활비도 매월 얼마간 보내드리기로 약속했다. 그래도 어머니는 서운하고 아쉬워하는 그 표정을 어찌 내가 모르랴!

다음날 인천공항에서 11시 30분 출발 LA 티켓팅을 하고 비행기에 탑승했다. 이륙 시간이 되었는데도 비행기가 뜨지를 않는다. 잠시 후 안내방송이 나온다.

"승객 여러분 죄송합니다. 미국 LA공항에 급히 갈 승객이 한 분 있어 잠시 지체 중이니 조금만 기다려 주세요."

정진은 속으로 생각했다.

"도대체 누구이기에? 이렇게 기다릴까? 항공사 임원? 정부 고위직? 아니면……?"

생각하다가 잠시 눈을 감았다. 그러자 누가 옆자리에 살포시 앉으며 말한다.

"미투 유턴입니다."

낯익은 목소리에 눈을 뜨고 보니 얼마 전 같이 근무했던 충남 공주 '우리들유턴요양병원' 이보령 원장이 이쁜 아이보리색 블라우스를 입고 옆자리에 앉는 게 아닌가?

"아니, 원장님이 어떻게……?"

"주 박사님 언제인가 그랬지요? 박사님이 유턴이면 이보령도 '령보이'로 변신 같이 유턴한다고요……! 호호호—"

정진은 반가움과 놀라움이 교차하면서 이보령, 령보이 원장을 얼싸 안으며 말했다.

"좋아요. 미투(Me Too). 령보이 유턴(U-Turn). 하하하―"

"호호호― 미투 유턴, 진정주 박사님 호호호―"

무한도전 희망과 사랑을 실은 미투(Me Too) 유턴(U-Turn) KAL25 비행기가 가을 하늘 창공을 향해 힘찬 비상을 하고 있었다.

아메리칸 드림을 가슴에 품고 출발하는 두 사람의 희망찬 미래는 쪽빛 하늘보다도 더 아름다움 그 자체였다. 행복감에 취해 있는 그들은 서로의 얼굴을 상대방 어깨 위로 머리를 맞대고 포근히 잠들어 있었다. 비행기가 인천공항을 이륙한 지 얼마 후 의료진을 찾는 다급한 기내방송이 울렸다.

"긴급 안내방송을 드립니다. 갑작스런 응급환자 발생으로 기내 승객 중에 의사나 약사분을 찾습니다. 급한 환자이니 도와주세요?"

그러자 기내에서는 갑자기 수런거리고 있었다.

"어? 갑작스런 환, 환자가 생기었나……?"

"글세 말이야? 무슨 일이야 갑자기……?"

앞쪽 의자에 나란히 앉아있던 이보령 원장과 주정진 박사(약사)가 얼굴을 마주보며 말을 했다.

"어? 의료진을 찾네요?"

"음, 의사와 약사를 찾아요……?"

두 사람은 얼마 전까지만 해도 충남 공주 장기면 '우리들유턴요양병원' 투톱의 의료진답게 스프링이 튀어나가듯 뒤쪽 승무원을 향하여 빠른 걸음으로 나아갔다.

뒤쪽에 앉아있는 승객은 이미 의식이 없는 상태였다. 이 원장이 신속하게 기도를 확보한 후 체온과 맥박을 측정했지만 환자의 의식은 돌아오지 않았다. 이미 심장이 멎은 상태였다. 주정진 박사가 가슴을 힘껏 눌러 심폐소생술을 실시하고 이 원장은 입에 숨을 불어넣었다.

잠시 후 승객은 의식이 돌아왔고 주정진 박사가 가지고 있던 상비약 니트로구리세린(Nitroglycerine)을 이 원장에게 건냈다. 그러자 이 원장은 한 알을 꺼내서 환자의 혀 밑에 넣어 주니 환자는 잠시 후 눈을 뜨며 의식을 천천히 찾는다. 기내는 죽은 듯이 정적이 흐르고 있을 때 기내방송이 울렸다.

"지금 막 환자의 의식이 회복되었습니다. 다행히 승객 중에 의사 선생님과 약사 선생님이 계셨기에 환자가 살아날 수 있었습니다. 두 분께 감사의 말씀 드립니다."

기내에서는 우렁찬 박수 소리가 나온다.

"짝짝짝—"

"고맙습니다. 훌륭한 의사 선생님, 약사 선생님 수고했습니다."

그러나 잠시 후 환자는 또 가슴을 쥐어뜯으며 통증을 호소했다. 이번에는 심각했다. 이 원장과 주정진 박사는 승무원들에게 설명을 했다.

"이 승객이 겨우 위기를 넘기는가 싶었는데……? 이번에는 심각합니다. 심근경색증인 것 같습니다. 이 질환은 심장의 관상동맥질환으로 심혈관이 막혀 생기는 시간을 다투는 위급한 상황입니다. 빨리 큰 병원에 가서 응급처치를 하지 않으면 생명이 위험합니다."

"네 알겠습니다."

승무원은 앞쪽 운항 기장실로 달려간다. 잠시 후 기장의 안내방송이 나온다.

"안녕하십니까. '윤중요(尹重要)' 기장입니다. 현재 우리 비행기에 촌각을 다투는 응급환자가 발생하여 부득히 비행기를 다시 인천국제공항으로 유턴하오니 승객 여러분의 큰 양해를 구합니다. 죄송합니다."

기내에서는 승객들의 이런저런 말들이 흘러나온다.

"아이 참내 미국 LA에 가서 급히 처리할 일이 있는데……? 어찌해야 하나?"

"아무리 급한 일이라도 사람의 생명의 우선이니 사람을 살려야지요. 우리가 이해합시다."

"그럼, 그렇게 합시다. 소중한 생명 하나 살리고 봅시다."

"이른바 '땅콩 회항'은 아니니 염려마입시데이. 허헛헛—"

그러나 윤 기장과 기술진은 고민이 생겼다. 문제는 70톤이나 되는 항공유의 처리였다. 왜냐하면 비행기가 이륙할 때 미국까지 가는 항공유를 탑재하여 이 무게로 인하여 착륙할 때 발생하는 큰 충격 때문이다. 항공유가 비행기에 그대로 실려 있으면 그 육중한 무게로 인해 바퀴가 부러지는 등의 비상 상황이 발생할 수 있기 때문이었다. 요컨데 안전한 착륙을 위해서는 항공유를 방류해야 했다.

더욱 고가의 유류 달러 시대에 시가 4천만 원에 이르는 기름을 버리는 것은 쉽지 않은 결정이었다. 윤 기장은 인천공항 관제탑과 협의를 마치고 실천에 착수했다. 항공유를 바다 아무데나 버릴 수 없는 것이다. 회항을 하면서 기수를 관제탑의 지시에 따라 인천 앞바다 부근 '항공유방출구역'으로 향하였다. 천천히 지정구역으로 접근한 비행기는 급유구를 열었다.

이어 대~한민국의 미래를 열어갈 젊은 승객의 생명을 구하고 4천만 원의 오일달러를 버린 후 인천국제공항에 무사히 착륙하였다. 그러자 기내의 많은 승객들은 약속이나 한 듯이 함성과 함께 박수를 보낸다.

"우— 윤중요 기장님 아주 중요한 생명을 살리는 좋은 일

해내셨습니다. 잘하셨습니다."

"와아— 박수—"

이때 어떤 부유층 같이 보이는 중년 부부가 크게 말한다.

"여러분 우리 부부가 사실 이번에 미국으로 이민을 가기 위하여 집을 구하러 가는 길인데, 오늘 한 사람을 살리기 위하여 4천만 원의 기름을 버리는 것은 물론 몇백 명의 승객들이 바쁜 일정을 접고 고국으로 유턴(U-Turn)하는 일에 동참하시는 아름다운 모습을 보고 감동하였습니다. 따라서 우리는 미국 이민을 포기하고 다시 고국땅으로 유턴하기로 했습니다."

승객 환자 곁에서 응급조치를 하고 있던 이보령 원장과 주정진 박사가 서로 보고 웃으며 말한다.

"주 박사님 우리도 미국이 아닌 고국으로 다시 돌아가 국민의 건강을 위하여 '유턴'해야 하지 않을까요? 호호호—"

주정진 박사도 겸연쩍은 듯 웃으며 말한다.

"그럼요. 한 사람의 승객 생명을 살리기 위하여 4천여 만 원의 항공유를 버리고 몇백 명의 승객이 이 일에 동참한 대~한민국을 두고 어디로 가시나요? 허허허—"

이 원장도 입가에 미소를 지으며 맞장구를 친다.

"호호호— 저는 이번 귀국을 계기로 아예 이름을 '령보이'로 유턴하려고 합니다. 주 박사님은 어떠세요?"

"하하하— 저도 이번 유턴을 계기로 고국으로 돌아가면 주중요(周重要)로 이름을 바꾸어 대~한민국 국민의 건강을 돌보는데 전생을 다하겠습니다. 대~한민국— 짝짝짝짝—!"

인천국제공항에 승객 환자를 내려 급히 앰뷸런스로 옮겨놓고 출발하는 미투(Me Too) 유턴(U-Turn) KAL25 비행기는 푸르런 창공을 향하여 대~한민국을 힘차게 연호하며 날아오르고 있었다.

3
Again U-turn

Again U-turn 3

주정진 세계노벨의학상 수상

주정진은 여름 휴가 문화나들이를 한국문화해외교류협회 회원들과 함께 제주도에 갔다. 세계 유네스코가 지질공원의 진수라고 격찬한 제주도 남쪽 섬 수월봉과 차귀도는 국제적인 화산연구의 성지로 알려져 있다. 특히 수월봉은 국내에서 유일하게 국제 화산학 백과사전에 실려있고, 세계지질공원의 보호와 활용의 모범사례로 소개되는 곳이다.

산과 바다, 파란 하늘이 절묘하게 어우러진 수월봉 해안도로를 따라 천천히 걸어오는 광주에서 온 문진섭 목사님과 유양인 성악가님을 보며 나정이 시낭송가님이 말을 걸었다.

"워매 둘이서 그렇게 다정하게 걸아옹께로 마치 신혼여행 온 기분이랑께요. 호호호—"

그러자 호남지회 유양인 성악가님은 정색하며 말한다.

"어매, 뭔노무 신혼여행이 다 뭐랑까? 이 양반 부측하고 오느라고 힘들어 죽것당께로 치이잇—"

방문단은 버스를 타고 이동했다. 이동 중에 회원들끼리 레크레이션을 운영했다. 임재한 이사가 먼저 마이크를 잡는다.

"우리 회원님들 저는 여행 때문에 사는 남자입니다. 여행 ABC는 첫째 거창한 계획을 세우지 말아라. 둘째 행복하게 여행하려면 가볍게 여행해라. 셋째 돈은 조금만 지니고 떠나라! 입니다."

일행은 공감한다며 박수를 친다.

"아, 공감입니다. 좋아요. 또 여행에 대한 좋은 말을 들려주세요?"

"허허— 그러지요! 자— 여행은 휴대할 수 있는 것만 소유하고, 언어, 국가, 사람들을 알아라. 기억을 여행 가방 삼아라. 떠나지 않고 볼 수 없고 보지 않고 안다고 하는 것만큼 어리석은 일도 없다. 진정한 여행자는 걸어서 다니는 자이며, 걸으면서도 자주 앉는다. 상황은 여행을 허가하지 않는다. 떠나야지 비로소 허락해준다. 여행은 변수를 즐기는 과정이다. 너무 계획하지 마라. 이상, 지금까지 임재한 이사의 체험담이었습니다."

"우우우— 짝작짝—"

"역시, 멋진 여행자이십니다."

이번에는 송기상 이사님의 넌센스 퀴즈가 재미를 더 했다. 또 차분하며 경기 고양시 이우인 회장님의 결고운 노래, 경기 오산의 정인희 회원님의 구성진 노랫가락이 멋진 여행자를 태운 버스를 좌우로 흔들며 즐겁게 한다. 유양인 성악가님이 입을 막으며 나정이 시낭송가를 향하여 말한다.

"호호호— 너무 재미가 있어브러요!"

"이러다가 저 푸른 제주바다로 버스가 빠져버릴까 싶으요? 호호호—"

레크레이션을 갖는 사이 버스는 이경찬 시인이 운영하는 애월해안로 416번지에 있는 '레드클(Redcle)'이라는 전망 좋은 집에 도착했다. 본래는 비가 안 오면 성산일출봉에서 야외공연 하기로 했으나 우천으로 부득히 이곳으로 변경했다.

밖에는 소낙비가 주르룩 주르륵 내리고 있었다. 대전본부 회원들과 제주지회 회원들의 레크레이션이 시작되었다. 시낭송과 노래, 춤, 하모니카와 키타 연주 등 다양한 유희로 회원들간의 친교행사를 가졌다.

문정신 자문위원 일행은 그 많은 비가 오는데도 비를 맞으며 방문단을 위해서 인근 시장에 가서 통닭과 돼지족, 김밥 등과 음료를 구입해와 먹거리를 나누는 흐뭇한 자리를 만들었다.

제주문화탐방 2일차 일정을 마치고 방문단은 숙소인 삼해인호텔로 돌아왔다. 대부분의 회원들은 휴식을 취하는 동안 방안에 앉아 몇 분의 일행과 밤늦게까지 제주 한라산소주와 제주막걸리를 나누며 추억의 하루를 마무리하였다.

마지막 날 7월 1일(일) 아침에는 제주전통문화를 대표한다는 제주시 삼성로 402번길에 있는 '자연사박물관'을 관람했다. 박물관은 크게 5개 구역으로 나눠어 있다. 자연사전시실, 민속1/2전시실, 해양전시실, 야외전시장이다.

화산섬 제주의 자연에 대한 이야기부터 시작해서 제주인의 생활, 해양 생태계까지 제주에 대해서 상당히 짜임새 있게 둘러볼 수 있었다. 초가지붕을 얹은 돌집은 이젠 제주에 많이 남아있지 않았다. 현대식 건물들이 살기가 훨씬 편하다보니 이제는 민속마을이나 박물관에서나 볼 수 있게 되었다

해양종합전시관에는 제주에서 만날 수 있는 다양한 해양 생물들이 전시되어 있었다. 이 가운데 산에서 살았던 갈치를 잡아 박제를 만들어 '산 갈치'라는 생선이 있었다. 임재한 시인

님이 황의신 이사님을 보며 말한다.

"어, 저거 길이가 4.5미터가 되네? 되게 크네?

"하도 커서 무서워 보이는 갈치였고, 저 정도면 사람도 잡아 먹겠다? 허허허—"

이어 방문단은 구좌읍 번영로 2182—80에 있는 '스카이 워터 쇼' 공연장을 찾았다. 나무바닥에서 물이 솟구쳐 오르고 무대가 열리면서 한순간 수영장이 된 무대에서 배우들이 다이빙 쇼를 선 보인다. 누구나 입을 턱 벌리고 볼만한 공연이다. 중국인들의 다양한 묘기들도 즐겁게 해주는 데는 부족함이 없었다. 사진촬영이 금지되어 있어 눈요기만 하고 나오는 아쉬움이 있었었다. 손에 땀을 쥐게 하는 '워터 서커스 쇼'를 관람하고 표선면 성읍1리에 있는 '고팡(곳간)식당'에서 삼겹살에 컬컬한 제주 토속막걸리를 시음했다. 고기를 제주산 고사리에 볶아 먹는 맛이 일품이고 제주 토속막걸리 또한 컬컬하여 맛이 으뜸이었다.

방문단은 고팡식당을 나와 조천읍 번영로 1143번지에 있는 '수놀음'이라는 쇼핑센터에 버스를 세웠다. 동북아 최대의 관광지 제주까지 왔는데 선물을 사기 위해서이다. 저마다 선물을 한 꾸러미 사들고 버스에 탔다. 이 가운데 서울 동작구에서 온 노중희 시인님은 선물을 구입하여 제주 가나여행사 양춘신

실장님에게 선물을 하나 주더니 방문단 전체에게 선물을 돌렸다. 주정진 장로는 선물을 한아름 안고 버스에 탔다. 이를 보고 임재한 이사가 웃으며 묻는다.

"아니 장로님, 손자 손녀 주려고 많이 사셨네요?"

"그럼 애들이 이 할애비를 기다려요."

이동하는 버스에서 경기 고양문인협회 이우인 회장과 서울 동작구 노중희 시인이 대화를 한다.

"여행에서 지식을 얻어 돌아오고 싶다면 떠날 때 지식을 몸에 지니고 가야 한다는 말이 생각이나요!"

"그럼요. 여행의 즐거움 반은 길 읽음의 미학이지요. 목적지를 닿아야 행복해지는 것이 아니라 여행하는 과정에서 행복을 느끼는 거지요!"

방문단은 제주민의 아픔이 서린 제주시 명림로 430(봉개동)에 있는 '제주 4 · 3 평화공원'을 방문했다. 제주 4 · 3 사건은 1948년 4월 3일부터 1954년 9월 21일까지 제주도에서 5.10 총선거를 반대하는 제주 민중들의 항쟁과 그에 대한 미군정 때 군인과 경찰들, 극우 반공단체들의 유혈진압을 가리키는 사건을 말한다.

제주민의 애환이 눈물처럼 서린 '4 · 3 평화공원'에서 해박한 조병서 문화해설사님의 설명을 들었다. 서로 가슴 아픈 이야기에 가슴을 저미어 말없이 공원을 걸어 나왔다.

답답한 마음으로 버스를 타기 위해 주차장에 갔다. 그곳에는 제주지회 문세훈 협의회장의 사모님께서 직접 재배한 고추와 오이를 막걸리와 함께 준비해 놓으셨다. 막걸리 한 잔 마시고 고추를 된장에 찍어 와삭 씹어 먹는 그 즐거움에는 맛과 정성과 자연이 함께 담겨 있었다. 세종시 황의신 이사님과 대전 송기상 충남대 교수님과 대화를 한다.

"그 사모님의 정성과 수고가 지금도 나를 제주도로 이끌고 있는 중이다."

"진정한 여행이란 새로운 풍경을 바라보는 것이 아니라 새로운 눈을 가지는데 있지요. 오늘 4·3 평화공원에서 새로운 눈을 가지고 갑니다."

4·3 평화공원을 나오며 대전 김우연 대표는 말없이 고개를 숙이며 혼잣말로 중얼거렸다.

"다시는 아름다운 이 땅에 이런 아픔이 없기를……"

방문단은 일정 마지막 코스로 제주시 노형동 124—1번지에 있는 '포도원 흑돼지' 식당으로 갔다. 한국문화해외교류협회 방문단의 환송 만찬을 제주지회 고문님이자 수필가님이며, 한국한센복지협회 김순탁 원장님이 마련하였다. 맛난 까망 흑돼지고기와 시원한 냉면으로 만찬을 마무리하였다.

한국문화해외교류협회 방문단은 2박 3일 일정을 마치고 제주국제공항으로 향하였다. 일정을 접는 마지막 날에 여름비는 하염없이 길가에 쏟아내고 있었다. '약상자에 없는 치료제 가득한 아름다운 섬 제주 힐링(Healing)'을 마치며 여행가 '앤드류 매튜'의 말이 생각이 난다.

"여행은 목적지에 닿아야 행복해지는 것이 아니라 여행하는 과정에서 행복을 느끼는 것이다!"

제주국제공항에서 서울 동작 거주 노중희 이사는 현지 제주 건설현장 근무관계로 제주에 한동안 머문다며 아쉬운 작별을 나누었다. 앞으로 한국문화해외교류협회와 함께한다며 경기 고양시문인협회 이우인 회장은 서울 김포공항으로 갔다.

지금도 눈 감으면 제주도 해안가를 거닐고 있는 것 같은 결 고운 아름다운 제주 올레 문화탐방 길의 베갯잎 추억으로 남아 영원히 우리들 가슴을 적셔줄 것이다.

2박 3일간 문화탐방단이 편안하고 즐겁도록 준비와 환영으로 배려해주신 제주지회 회원님들과 전통의 가야금 진순희 연주자님, 미성(美聲)의 열창 미국 피닉스 대학 MBA 출신 이시인 팝페라 글로벌 스타 가수님 반갑고 고마웠습니다.

또한 이튿날 갑작스런 비로 인하여 성산일출봉 야외공연 일정을 취소하고 고훈석 지회장님 제자가 운영하는 '레드클'의 아담하고 작은 콘서트장을 무료로 제공하신 이경찬 시인님에게도 고맙다는 인사를 드립니다.

마지막 날 공항 부근 '포도원 흑돼지' 오겹살의 맛깔스런 고기와 냉면 음식으로 근사하게 마무리 해주신 제주 한국한센복지협회 피부과전문의 김순탁 수필가님에게 고맙다는 인사를 드립니다.

그리고 2박 3일간 멋지고 근사한 곳으로 안전하고 쾌적하게 안내하여준 '제주 가나여행사'의 양춘신 실장님과 홍성기 기사님 수고하셨고 고맙습니다.

한편 해외문화팀을 먼저 청주공항으로 보낸 김우연 대표는 다문화 가족과 함께 제주에서 제일가는 명소 신세계호텔로 향했다. 저녁식사는 장로님의 배려로 이곳 신세계호텔에서는 제일 맛있다는 스페셜A+코스 요리로 그야말로 산해진미의 만찬이었다. 와인 한잔에 처음 보는 이어도 전복찜이며 세계적으로 유명한 성게 알로 만들었다는 제주도 특산인 '성게해물찜'은 입안을 사르르 녹이는 특이한 향기가 잔잔히 온몸 속으로 스며 들어가는 기분이었다.

일행은 몇 일간의 피로에 지쳤으나 주정진 장로의 특별한 호의와 신세계호텔의 새로운 경치에 전부들 감동하면서 시간 가는 줄도 모르고 즐기고 있었다. 삼다의 섬 제주는 여자, 바람, 돌이 많기로 유명하다. 삼다의 말 그대로 바람이 먼저와 온몸을 감싸며 반갑다고 포옹을 한다. 에메랄드빛 푸른 바다는 생활에 찌든 일상을 시원하게 씻어주고 가슴속 깊이 쌓였던 스트레스가 저 넓은 대양을 향해 심호흡을 하니 십 년 체증이 한꺼번에 쑥 내려간 듯 시원했다.

베트남 출신 '바 · 쿠엥'도 자기는 평생을 가슴속에 묵직한 납덩이 하나를 안고 다녔는데 이제는 감쪽같이 사라졌다며 좋아하였다. 시간은 자기가 주인이라도 되듯 여행 일정을 서두르고 있었다. 벌써 해는 중천에 와 있고 뱃속에서는 시장기를 알리는 "꼬르륵, 꼬르륵" 점심 방송을 하고 있다. 이곳 서귀포에서도 알아주는 '돌체'라는 갈치로 유명한 식당으로 갔다. 과연 갈치구이가 나오자 전부 환호성을 지른다. 와~와, 길이가 1m 20cm나 되는 엄청나게 큰 갈치였다. 우리가 신기하듯 소란을 피우자 식당주인이 보충설명을 한다. "이 갈치는요 우리나라 남쪽의 제일 끄트머리 땅 있지요. 어디지요?" "마라도요." 눈요기도 좋았지만 맛도 좋았다. 특히 꼴두기 젓은 아페

타이저로 밥 한 그릇을 뚝딱 치워버렸다

식사를 끝낸 민우와 칸은 애월읍 바닷가로 나왔다. 하늘을 닮은 파아란 바다. 그 위로 하얗게 부서져 내리는 맑은 햇살이 지금까지 쌓였던 모든 피로를 싹 씻어준다. 민우는 자연풍광에 푹 빠져버려 최성원의 「제주도의 푸른 밤」 시를 낭송하고 있고 옆에는 칸이 바다의 신비를 감상하고 있다가 민우 선생이 시심에 빠지자 칸은 민우의 허벅지 위에 머리를 뉘인 채로 눈을 감고 시를 감상하고 있다. 민우는 원래 학교에서 문학창작을 전공하여 대학에서 시 창작을 강의하고 있으며 시인으로 등단한 지 오래된 원로시인이었고 칸도 필리핀국립대학에서 한국학을 전공하였기에 한국시를 좋아하여 평소에도 곧잘 시 낭송을 잘했다.

제주도의 푸른 밤

가수 최성원

떠나요 둘이서 모든 걸 훌훌 버리고
제주도 푸른 밤 그 별 아래
이제는 더 이상 얽매이긴 우리 싫어요

TV에 신문에 월급봉투에
아파트 담벼락보다는
바달 볼 수 있는 창문이 좋아요
깡 깡 밭 일구고 감귤도 우리 둘이 가꿔 봐요
정말로 그대가 외롭다고 느껴진다면
떠나요 제주도 푸른 밤하늘 아래로

떠나요 둘이서 힘들게 별로 없어요
제주도 푸른 밤 그 별 아래
그동안 우리는 오랫동안 지쳤잖아요
술집에 카페에 많은 사람에
도시의 침묵보다는 바다의 속삭임이 좋아요
신혼부부 밀려와 똑같은 사진 찍기 구경하며
정말로 그대가 재미없다 느껴진다면
떠나요 제주도 푸르메가 살고 있는 곳

도시의 침묵보다는 바다의 속삭임이 좋아요
신혼부부 밀려와 똑같은 사진 찍기 구경하며

정말로 그대가 재미없다 느껴진다면

떠나요 제주도 푸르메가 살고 있는 곳

"선생님 참 멋져요. 낭송도 잘하시고 목소리가 너무 시에 어울리네요."

"칸 씨는 왜 살기 좋은 나라 필리핀을 놔두고 한국에 오셨나요!"

"선생님, 저의 나라는 아직도 후진국이지요. 경제는 말할 것도 없고요, 정치도 부패하여 나라가 발전을 못하고 일자리가 없어 한국으로 일자리 찾아왔지요."

민우는 어려서부터 고아원에서 자라 항시 정이 그리웠다. 갖은 고생과 아르바이트로 학비를 벌면서 대학까지 졸업하고 군복무까지 마친 성실한 사나이 였다. 지금은 생활이 안정되었지만 늘 고독한 마음이었고 정이 그리울 때면 시를 쓰곤 하였다. 민우는 노래도 좋아하고 하모니카도 잘 분다.

"칸 씨, 제가 멋진 노래 들려 드릴게요."

"와! 선생님 좋지요. 빨리 불어 봐요, 선생님."

"저, 숨어 우는 바람소리. 자, 따라 노래하세요."

'갈대밭이 보이는 언덕 통나무집 창가에/ 길 떠난 소녀같이 하얗게 밤을 새우네/ 김이 나는 차 한 잔을 마주하고 앉으면/

그 사람 목소린가 숨어 우는 바람소리/ 둘이서 걷던 갈대 밭길에 달은 지고 있는데/ 잊는다 하고 무슨 이유로 눈물이 날까요/ 아~아~길 잃은 사슴처럼 그리움이 돌아오면/ 쓸쓸한 갈대숲에 숨어 우는 바람소리.//

둘이 부르는 음율은 밤하늘의 적막을 뚫고 별나라에까지 도착하여 별들도 반갑다고 반짝반짝 눈웃음 짓는다. 둘이는 밤이슬이 내릴 때까지 서로를 이해하며 생활 구석구석까지 창피한 것도 잊어버리고 허심탄회하게 털어놨다. 하긴 둘이는 비슷한 환경에 늘 무엇을 잃어버린 양 허전한 삶이었기에 서로 동정하며 시간 가는 줄도 모르고 서로를 채워주고 충만한 행복감에 젖어 있다.

"어! 벌써 시간이 이렇게 됐나?"

민우가 먼저 일어나며 말한다.

"칸 씨 이제 그만 갑시다."

"예, 선생님 잠깐요!"

순간 둘이는 입술을 비비며 짜릿한 전율이 온몸을 녹이고 있었다. 둘이서 내품는 숨소리가 파도소리보다도 거칠게 격랑의 물결로 하얀 이랑을 이루며 춤추고 있었다. 펄펄 끓고 있는 용암의 열기 속으로 빠져드는 한낱의 생명체는 흔적도 없이 융해되듯 그들의 뜨거운 젊음의 열기는 나체가 사랑의 미로를 헤매고 있었다. 하늘에서 무수히 쏟아지는 별빛 축제 사이로 제주의 푸른 밤하늘에 한 쌍의 나비가 훨훨 날고 있었다.

끈 끊어진 연같이 하늘 끝까지 덩실덩실 춤을 추며 날아가고 있었다. 그러나 심술궂은 신은 인간의 영원한 쾌락을 허락하지 않는다. 한바탕 토네이도가 휘몰아치고서 격랑의 바다는 고요 속으로 빠져들고 달빛은 잔잔한 바다 위에서 피로한 하루를 씻고 있다.

숙소로 향하는 그들을 축복이라도 하는 듯 보름달은 두 그림자를 하나로 만들고 계속 뒤따르며 웨딩마치를 불러주고 있었다. 저녁식사가 끝나자 민우는 인원 점검과 방 배치를 끝내고 각자 방으로 헤어졌다

아침 해가 제일 먼저 민우의 방으로 커텐을 열고 들어와 늦잠 자는 달콤한 시간을 뺐어갔다. 아침식사를 마친 일행은 호텔 리무진 버스로 푸른 바다가 반사하는 햇살 사이로 한 마리의 새가 날아가듯 허공을 달리고 있었다. 학생들은 환호성을 지른다.

"와! 멋지다. 제주가 이렇게 좋은 줄은 정말 몰랐네요. 선생님, 저기 저 배 좀 보세요. 무슨 배가 저렇게 작아요?"

바론이 큰소리로 떠들었다.

"아, 저 배는 고기잡이배가 아니고 '요트'라고 하는 혼자서 즐기는 오락용 배이지요."

버스는 성산 일출봉 앞에 일행을 내려놓았다. 이어 김민우 인솔 선생을 따라 백록담을 향해 산으로 오르고 있었다. 파란 바다와 파란 하늘, 간간히 흘러가는 흰 구름. 과연 제주는 아름다운 하나의 수채화였다.

정상에 오르니 사방이 바다로 파도가 바위에 부서질 때마다 물보라를 일으키며 사라지는 장면이 너무나 신기해서 스마트폰에 담기에 정신없다. 백록담이라는 이름은 옛날에 하늘에서 내려온 선인 세 명이 이곳에서 '백록(흰사슴)'으로 담근 술을 마셨다는 전설에서 유래했다.

김민우 선생은 사진작가로서 학생들에게 지도한다.

"사진을 멋있게 찍으려면 구도를 잘 잡아야 해."

일일이 현장 실습을 시키고 있었다. 즐거웠던 제주 관광도 끝나고 다시 일상으로 돌아왔다. 한편 센터에서는 제주사진전을 열고 일반에게도 개방하였다. 우수작으로 베트남 출신 응웬 티 탄이, 가작에 티몽이 뽑혔다. 그들은 각각 상금 우수작 50만 원과 가작 30만 원을 수령하였다.

가을학기도 끝날 무렵 대전중구다문화센터에서는 또 하나

의 행사 준비에 바쁘다. '다문화 가족을 위한 송년 음악회'를 개최하기로 했다. 다문화센터에서 쓰는 비용을 다소라도 찬조 받고 또한 대외 PR도 한몫하기 위해서였다.

〈다문화 가족을 위한 송년 음악회 및 김나은 박사 송별 음악회〉

1. 일시 : 2019. 9. 1 p.m 3~6

1. 시낭송(김미라), 하모니카 연주(주정진 장로), 키타(김민우 연주), 색소폰 연주(송미자).

1. 노래 : 신순희(그리운 금강산)

1. 김나은 박사 송별식 : 다문화센터의 고문이시며 가끔 다문화센터에서 특강도 하신 문학박사이며 대학교수의 아프리카 탄자니아에 한국어지도와 한국문학도서관 개관 운영 및 한국문학 아프리카 전파에 기대

주최 : 대전중구다문화교회와 다문화센터

후원 : 대전다문화병원. 대전다문화약국. S-대전상호신용금고

점심시간이 지나자 5층 다문화센터에는 한두 사람씩 모이기 시작하더니 벌써 자리가 거의 다 찼다. 귀빈석에는 시장, 국회의원, 각 구청장 자리가 마련되어 있으며 비교적 넓은 공간은 거의 다 찼다.

사회자가 개회식을 선언하고 이어 주정진 장로의 인사말이 이어졌다.

"평소 존경하옵는 보문남 시장님, 여의선 국회의원님, 중구로 구청장님, 대흥야 의원님 고맙습니다. 그리고 내빈 여러분께서 바쁘신 중에도 시간을 내 주심에 진심으로 감사의 말씀드립니다. 자, 우리 다문화 가족들 모두 일어나 환영의 박수를 보냅시다. 김나은 박사가 아프리카 탄자니아에 한국정부가 파견하는 한글학교수로 선발되었다는 것도 우리 다문화교회의 영광입니다. 우리 다 같이 우리의 영원한 멘토이신 김나은 박사의 앞날의 축복을 위하여 힘찬 박수를 보냅시다. 김나은 박사는 아시다시피 우리 교회 초기부터(2014~2018) 자원봉사하여 야간으로(7시~9시) 다문화 가족을 위한 한글의 특강을 한 달에 두 번씩 계속하여 오고 있습니다. 오늘의 다문화 교회의 위상을 한 격조 높게 만든 것도 김나은 박사의 뚝심으로 이뤄낸 노력의 성과라 하겠습니다. 이번에는 태극기를 등에 업고 세계를 향하여 나아가시는 그 거룩한 봉사정신과 자기희생을 마다안고 오직 대한민국의 국위선양과 한글의 세계화에 일생을 바치는 애국정신에 우리 다 같이 고개 숙여 존경과 박수를 보냅니다."

"우우우—"

"짝짝짝—"

주정진 장로의 인사말이 이어진다.

"21세기는 다문화주의 다문화국가의 시대입니다. 그간 다문화센터에서 특강을 해준 문학박사 김나은 교수와 김우연 교수를 아프리카 탄자니아 다르에스살렘 국립외교대학 한국어학과에 파견이 됩니다. 이에 따라 정진그룹 다문화센터 제1호 한국어학과 파견 교수가 탄생합니다. 따라서 앞으로 아프리카 54개국 12억 다문화 가족에게 한국어지도와 한국문학도서관 개관 운영 및 한국문학과 문화를 전파하는 대한민국 한류(韓流)에 큰 몫을 하게 될 것입니다. 자 여러분, 지금 우리는 한 지붕 밑에 여러 나라 가족이 함께 살고 있지요. 언어와 문화는 달라도 삶이 추구하는 목표는 똑같습니다. 우리가 산다는 것은 행복하게 살기 위함이고 또 하는 일은 달라도 이 사회에 유익한 뭔가를 창조해 내기 위함이겠지요. 여기 계신 모두의 선생님들께서는 장르는 달라도 목표는 다 똑같은 살기 좋은 사회 즉 행복한 사회를 만들기 위해 일하고 투자하고 있는 것입니다. 이 사회가 '너와 나'가 아닌 '우리' 라는 한 가족 한마음으로 배려할 때 이 세상은 살기 좋은 사회가 되는 것이지요"

이어서 보무남 시장님께서 축사의 말씀이 있겠습니다.

"사랑하고 존경하는 대전시민 여러분 그리고 다문화 가족 여러분! 오늘 다문화 가족을 위한 송년 음악회 개최를 진심으로 축하드립니다. 아울러 음악회를 개최하기까지 열정을 바치시는 주정진 박사님께 격려의 박수를 보냅니다.

주 박사님은 일찍이 서울 명문 S대를 나오고 미국 유학으로 유전공학을 전공하여 박사학위를 취득한 한국의 영재 중의 영재로 알려진 이 나라의 큰 인물입니다. 또한 주 박사는 미국의 실리콘 밸리에서 UCLA 학교 동기 외국인 두 친구와 벤처기업을 창업하여 세기의 신약을 개발하여 한국을 빛낸 과학자요 국가에 부를 창조한 유공자입니다. 다문화 가족 환자에 무료진료를 실시하고 있으며 또 다문화센터에서는 한글 무료교육을 실시하고 있고 일요일엔 예배로서 주민 정서 함양과 삶의 질을 업그레이드하시는 자신을 버린 가히 훌륭한 분이십니다. 앞으로 이 지역사회를 위해서 큰일을 하실 분이십니다. 감사합니다."

사회자가 이어 진행을 한다.

"이제 본 행사로 들어가겠습니다."

첫 번째 대전문인협회 회장으로 계신 김근서 회장님의 시낭송이 있겠습니다. 시 제목은 주촌 시인의 몽돌의 노래입니다.

몽돌의 노래-2

주촌 한진호

볼품없이 버려진 돌
밀물이 밀어주고
썰물이 다듬어
억겁의 세월이 흘렀네

달빛 아래 은은히
들려오는 월광곡 소리
밤새도록 코를 골며
깊은 잠에 빠졌다가

썰물이 몰고 간 텅 빈 갯벌
분단장하고 임 기다리던 몽돌
봉곳한 앞가슴 내놓고 거풍을 즐기다

햇빛에 놀라 눈 꼭 감았네

석공이 된 바닷물이
몽긋몽긋하게 다듬어 몽돌되어
휘영청 달 밝은 밤
임 그리워 노래 부르네
울다가 웃다가 까르르
숨 넘어 가네

낭송이 끝나자 우렁찬 박수가 쏟아져 나왔다. 다음은 주정진 장로님의 하모니카 연주가 있다.

"안녕하세요. 곡명은 〈어메이징 그레이스〉와 〈오 대니 보이〉 두 곡을 연주하겠습니다."

연주가 끝나자 우레와 같은 박수소리가 터져 나왔다. 이어 앵콜, 앵콜 함성이 터져 나왔다. 앵콜송으로 'You raise me'로 하겠습니다. 은은히 흘러나오는 그만의 특성을 발휘하는 애잔하고 그리움이 가득한 가락이 듣기에 좋았다.

"어메이징 그레이스는 죤 · 뉴턴의 곡으로 미국의 전통가요로 세계인들이 부르는 애창곡이기도 합니다. 교회에서 주일예배에 부르는 성가로도 유명한 곡이기도 하지요. 이 곡을 듣노

라면 자기반성과 하나님께 바치는 영광의 찬송가이기도 합니다."

다음은 김민우 선생님의 기타 연주가 있겠습니다. 곡명은 이용의 〈잊혀진 계절〉을 연주하겠습니다.

'지금도 기억하고 있어요/ 시월의 마지막 밤을/ 뜻 모를 이야기만 남긴 채/ 우리는 헤어졌지요/ 그날의 쓸쓸했던 표정이/ 그대의 진실인가요/ 한마디 변명도 못하고 잊혀져야 하는 건가요/ 언제나 돌아오는 계절은 나에게 꿈을 주지만/ 이룰 수 없는 꿈은 슬퍼요 나를 울려요.//'

그리운 연인을 못 잊는 애잔한 사랑의 노래에 듣는 이들로 하여금 눈시울을 적셨다. 이어서 송미장 단장님의 색소폰 〈추풍령〉을 연주가 있었다.

'구름도 자고 가고/ 바람도 쉬어가는/ 추풍령 굽이마다/ 한 많은 사연/ 흘러간 그 세월을/ 뒤돌아보는 주름진/ 그 얼굴에 이슬이 맺혀/ 그 모습 흐렸구나/ 추풍령 고개.//'

흘러간 젊은 시절을 잊지 못해 아쉬워하는 안타까운 심정,

곱디고운 그 얼굴은 깊은 주름에 슬픈 흔적만이 그늘져 있다. 듣는 이마다 가슴 저미는 그늘진 인생의 한을 노래하는 서글픈 삶의 모습에 눈가에는 이슬이 촉촉이 젖어있었다. 이어서 소프라노 신순희 가수의 〈그리운 금강산〉이 불리어진다.

'누구의 주제련가 맑고 고운 산/ 그리운 만이천봉 말은 없어도/ 이제야 자유만민 옷깃 여미며/ 그 이름 다시 부를 우리 금강산/ 수수만년 아름다운 산 못 가본 지 몇몇 해/ 오늘에야 찾을 날 왔나 금강산은 부른다//'

분단가족의 애환과 슬픔이 금방이라도 울음으로 터져 나올 것만 같은 분위기에 한동안 침묵이 따랐다. 잠시 후 우레 같은 박수가 터져 나왔다.

한편 얼마 후 정진은 미국 본사로부터 전보 한 장을 받았다.

"제1프로젝트의 국제학술지(Scientist)에 게재하는 것을 고려 중인 바 최초의 개발자 3인의 동의가 있어야 한다."

또한 더 크고 중요한 것은 노벨상위원회에서 논문 요청이 왔다는 것이다. 제품 개발에 성공하였고 현재 부작용 없이 시판되고 있기 때문에 아주 긍정적이었다. 논문 작성에는 적어도 5주는 걸려야 했다. 원체는 기대가 큰 대어감으로서 정진을 비롯한 3인은 완전 비상체제로 들어갔다. 우선 특 1급 비밀로서 사전에 언론에 흘리거나 누설되서는 절대 안 된다는 것도 알고 있었다.

정진이 돌아와 연구에 합류한 지 12년째 되던 날 아침 조간에는 1면 톱기사로 금년의 노벨의학상 수상자 명단이 나왔다.

"노벨의학상 수상자 명단"

Joo Jung-Jin(Seoul National University). (Korea Seoul)

Jhon Martin(UCLA) (U.S.A)

Anold Gootel(STANFORD) (U.S.A.)

W.S.J 과 N.Y.T 각 매스컴에서는 경쟁적인 보도에 마치 호떡집에 불난 듯이 야단법석이다. 노벨상은 스웨덴 알프레드 노벨(1833~1896)의 유언에 따라 인류의 복지에 공헌한 사람이나 단체에 수여되는 상으로, 6개 부문 문학, 화학, 물리학, 생리학 또 의학, 평화, 경제학에 대한 수상이 이뤄진다.

한국에서는 제일 먼저 용산 대통령실로부터 축하의 전화에 이어 신문사, 방송국의 전화에 정신없이 하루가 지나갔다. 가족한테는 정진이 미리 전화를 해 놓아 병원에서는 환자 진료는 잠시 휴진 상태였고 전화통만 불났다. 특히 한국에서는 2000년도 김대중 대통령 노벨평화상에 이어 두 번째 타는 상인 만큼 매스컴에서는 온종일 호외가 나가고 특별방송이 진행되고 있었다. 국가적인 커다란 경사임에 전 국민이 행복한 하루였다.

특히 요즘 G2 싸움에 새우등 터지는 우리 경제에 설상가상으로 일본까지 한국을 '화이트리스트'에서 제외시켜 경제가 어렵고 국민정서도 침체되어 있든 차에 이 빅뉴스는 국민들에게 희망과 용기를 주었다. 또한 기분이 업그레이드되어 발걸음도 힘차게 거리가 붐비고 있었고 국민들의 평소 어둡던 표정이 보름달만큼이나 환하게 웃음꽃이 피어나고 있었다.

〈부정적이고 움츠렸던 국민정서가 한순간에 가능성과 긍정적으로 변하는 자신감에 찬 모멘트였다.〉

우리는 할 수 있다. 다시 세계가 놀라는 대한민국으로 거듭나는 역사적인 순간이다.

나가자! 앞으로

4
Again U-turn

Again U-turn 4

G-3 미 · 일 · 중, 그리고 아름다운 푸른 도나우강의 선율

아침 햇살이 대청호 푸른 물에 윤슬을 뿌려 반짝반짝 눈웃음을 짓자 하늘도 눈이 시려 같이 웃다가 그만 호수에 풍덩 빠져 시원하게 목욕을 즐기고 있다. 새들도 우스워 재잘재잘 떠들다가 아침 목욕을 즐기는 싱그러운 오월. 초록 물이 뚝뚝 떨어질 것만 같은 수정처럼 맑은 아침 호반에는 상큼한 공기에 전망도 확 트인 대전의 가장 좋은 삶의 터전으로 이름나 있는 '샘터 전원주택' 마을이 있다.

이곳에서 주말을 보내고 있는 주정진 박사는 주말이면 대청호의 신선한 아침 공기가 좋아 산책을 하며 가슴속 깊이 공기를 힘껏 들어 마시고 긴 하품으로 몸을 풀었다. 앞산에는 가지마다 이제 막 피어난 연두빛 어린잎들이 엄마의 젖꼭지를 꽉 물고 젖을 빨고 있는 모습이 평화롭고 행복하게 보였다. 정진은 퇴행성 척추협착증으로 가벼운 스트레칭으로 허리를 풀고 TV를 켰다.

오늘의 톱뉴스는 세계가 COVID19(코로나바이러스19)로 하루에 수십만 명씩 감염되고 수천 명이 목숨을 잃어가고 나라마다 약품과 의료진 부족으로 대 혼란을 격고 있다고 한다. 몇 해 전 에볼라바이러스로 인명 피해를 입었던 한국은 미생물연구소인 프랑스 파스퇴르 연구소를 송도에 유치하여 신약개발, 생명공학, 에이즈 및 질병 연구에 박차를 가하고 있을 뿐 아니라 국가에서는 각 대학의 연구실에 바이오 연구시설을 정책적으로 지원하고 있다.

주정진 박사는 노벨상 수상자로 미래 산업에 대한 국정자문위원으로서 세계의 손꼽히는 미래과학자 이기도 하다. 그는 국무회의가 끝난 후 대통령의 특별 초청으로 과학에 대한 강론을 펼치기도 한다.

"오늘의 주제는 온실가스에 대하여 같이 연구하여 보시겠습니다."

"영국의 물리학자이자 우주과학자 '스티븐 호킹 박사'의 경고성 유언에 우리는 귀를 기울여야 합니다. '향후 200년 안에 섭씨 400도의 고온과 황사 비, 그런 날이 오기 전에 지구를 떠나라!' (중앙일보 2018.8.22)

"여기에서 우리는 호킹 박사의 유언이 과연 무엇을 뜻하느냐를 깊이 생각해 볼 필요가 있습니다. 아시다시피 원인은 화석연료의 과다 사용으로 인한 탄산가스(CO2), 메탄, 이산화질소, 오존 등 지구를 따뜻하게 감싸 우리가 살기에 적당한 온도를 유지시켜주는 기체를 뜻합니다. 사실 온실가스는 우리에게 꼭 필요하지요. 그러나 지금은 그 양이 너무 많아서 지구를 뜨겁게 하는 지구온난화의 원인이 되고 있답니다. 이러한 가스들이 마치 비닐하우스 역할을 해 온도를 높이는 온실효과에 기인한다는 것은 이미 다 알려진 상식이지요. 우리가 어쩔 수 없이 성장하면서 발생되는 이산화탄소(CO2)를 줄이고 친환경적 그리고 미래를 생각하는 성장방법인 녹색성장을 통한 저탄소 사회구현을 위해 일상생활에서 온실가스 줄이기를 실천하는 범국민운동 〈그린스타트운동〉본부도 태어났지요. 기업 측에서는 화석연료를 줄이고 원자력발전이나 수력발전, 신재생에너지인 태양열을 이용한 에너지나 풍력발전을 이용한 에너지를 사용함으로서 탄소배출량을 줄이는 방향으로 정책을 세워야 하겠지요. 또한 우리 국민들께서는 다음과 같이 생활의

패턴을 바꿔야 합니다."

1. 승용차 사용 줄이고 대중교통 이용하기
2. 나무심기
3. 친환경 제품을 구입하기
4. 쓰레기 줄이고 재활용하기
5. 올바른 운전 습관을 유지하기(급가속이나 공회전을 피할 것)
6. 전기제품을 올바르게 사용하여 에너지를 절약해야 합니다. (플러그를 뽑으면 1년에 한 달 전기료는 공짜입니다)

또한 범세계적으로 벌이고 있는 지구를 살리고 인류가 동반해서 살 수 있는 ESG(환경, 사회, 지배구조) 캠페인에 적극적으로 참여.

해답은 유-턴(u-turn).

정부는 2050년까지 탄소중립을 선언했지만 지금도 석탄 발전소가 여러 곳에서 발전을 하고 있다. 석탄으로 발전하는 화력발전소는 원자력발전소보다 설치비가 엄청나게 저렴하다. 또 빠른 시일 내에 발전을 할 수 있다. 그러나 장기적으로 볼

때 온실가스의 공해로 결국 지구를 파괴시키고 따라서 인간을 파괴시키는 주범이 되기 때문이다.

주정진 박사는 이렇게 주장했다.

"우리나라는 현재 24개의 원자로를 가동하고 있지요. 또 5개 원자로가 추가 건설 중이며, 신한울 3 · 4호기와 천지 1 · 2호기는 앞으로 추가 건설을 준비하고 있었으나 현 정부에서는 포기하기로 하였다고 합니다. 세계는 지금 원전으로 탄소량을 줄이고 있지요. 반면에 우리나라는 전국에 태양광 설치를 하여 각 가정 또는 기업에서 전기를 사용하고 남는 전기는 한국수자원에서 매수하는 정책으로 누구나 참여할 수 있는 미래지향적인 에너지 수급정책이라 개인도 국가도 쌍방으로 돈 버는 사업이라 하겠습니다. 그러나 부작용도 만만치 않지요. 지난여름 장마에 태양광 설치로 산림이 훼손되어 전국이 홍수로 난리를 치렀지요. 장비 및 기존시설이 망가져 떠내려가고 갈수록 발전 단가가 오르고 있습니다. 또한 중국이 기술을 개발하여 저가 공세로 우리 시장을 선점하여 우리의 중소기업이 망하고 있다는 사실을 알아야 합니다. 반면 원자로는 처음 시공에서 완공하기까지 막대한 자본과 기술을 필요로 하지요. 후진국으로 갈수록 값싼 석탄 발전이 많은 이유가 여기에 있지요. 특히 명심해야 할 사항은 우리나라는 세계 최고 수준의 기술과 안전성이 뛰어난 원자로 설치 기술을 보유하고 있다는 사실입니다. 이미 우리나라는 물론 UAE(아랍에미레이트)에 원자로 5기를 순수 우리기술로 수출해서 현재 안전하게 가동 중인 사실을 상기해야 합니다. 과거 십수 년간 정부에서 6조 원이란 거액을 연구개발에 투자한 결실이었지요. 즉 큰 돈을 벌 수 있는 거대한 화수분을 스스로 파기하는 우를 범하고 있는 겁니다. 일본의 후꾸시마 원전 사태에 놀랜 탓이겠지만 우리나라는 지리적으로 일본과는 다르다는 것을 알아야 합니다. 일본은 지진이 자주 일어나고 또 태평양이란 대양을 끼고 있기 때문에 태풍도 많고 해일도 많은 지리적으로 불리한 여건에 위치한 나라입니다. 그럼에도 불구하고 공식적으로 원전 포기를 선언한 것은 분명히 잘못된 일입니다. 뿐만 아니라 영국에서 원전 설치 입찰에 참여했지만 탈락됐지요. 이유는 뻔한 거 아닙니까! 자기 나라 원전도 포기하는 나라의 기술을 믿을 수 없었겠지요. 결론은 원전으로 유-턴(U-turn) 시켜야 우리 경제가 살 수 있습니다."

이어지는 주 박사의 말.

"오늘의 지구촌은 인구 밀도가 과밀한 상태까지 왔습니다.

자연히 식량과 환경이 문제가 되겠지요. 또한 건강과 문화가 조화를 이루는 즉 삶의 질을 향상시키는 데는 문화가 있어야 하구요. 요약해보면 BBIG 즉 '배터리, 바이오, 인터넷, 게임' 분야가 미래의 먹거리가 되겠습니다."

이러한 세계의 흐름을 간파하여 주정진 박사가 설립한 'K.M.bio(Korea Medical)가 괄목할 만한 성장을 하였고 세계의 석, 박사들이 미래의 세균전에 대비한 연구가 한참 진행 중 코로나바이러스가 돌연 중국 우한지역에서 유행하고 이어서 중국 교포의 유입으로 한국에도 번지기 시작하여 전 세계가 코로나바이러스 공포에 시달리고 있다. 각 신문마다 톱뉴스로 코로나로 지면을 꽉 채우고 있었다.

이에 K.M.bio가 예측하고 빠르게 진단시약을 최초로 개발하여 미국 FDA에서 승인받아 세계에 보급하여 한국의 이미지가 급상승되었으며 또한 치료와 예방에서도 'KM—방역' 일등국이 되어 의료기기와 의술의 수출 상담이 활발하게 이뤄지고 있다. 실례로 아랍에미레이트에서는 서울대병원의 자국내 설립을 요청하여 진료를 시작한 지 여러 해가 되었으며 코로나 진단키트는 네델랜드에서 코로나19가 번지자 처음에는 저가제품(低價製品)을 사용해보니 확진율이 50~60%의 효율로 극히 저조했다. 반면 한국산은 95.9%의 정확도로 세계에서 인정을 하고 있었기에 날로 수출이 증가하고 있었다.

이로 인한 소문이 나자 한국산 진단키트가 주문이 쇄도하여 키트 업체들이 24시간 풀가동하여도 물량을 대지 못해 즐거운 비명(?)속에 근래에 보기 드문 호황이었다. 주식시장은 코로나 관련주를 중심으로 바이오주가 주도주가 되었고 매일 상한가로 치솟는 현상까지 일어났다.

실제로 세계는 지금 코로나19로 인하여 초유의 비상사태다. 미국에서는 하루에 삼십만 명씩 발생하였으며 인도는 하루에 40만 명. 브라질, 독일, 러시아, 영국 등 전 세계에서 확산일로에 비상사태로 번졌다. 우리나라 또한 코로나가 번지자 국가가 매뉴얼을 정하여 전 국민에 알리고 초등학교부터 대학까지 휴교령을 내렸고 전 국민들 마스크 쓰기와 손 씻기, 사회적 거리 두기로 예방책을 내놓았다. 대중업소는 자발적으로 영업을 중지하게 하여 사실상 휴업이나 다름 없었다.

코로나가 번지기 시작한 지 불과 20개월 만에 감염된 나라가 185개 나라에 1억 명에 이르고 사망자가 기하급수로 번져 현재 통계도 나오지 않고 있다. 더욱 심각한 것은 겨울철 들면서 독감이 동시에 같이 번지면 더 큰 확산속도로 번질 수 있다는 것이다. 또한 사망자 수도 기하급수로 불어날 수 있다는 것이다. '1918년에 유행했던 스페인 독감으로 사망자가 5천만 명이 넘었다'고 역사는 기록하고 있다. 이번 코로나도 가을 지나 겨울 되면 더 심각해질 수 있다는 것이 전문가들의 예측이다. 현재로서도 감염 확진 환자가 1억 명 넘었으며 사망자도 수백만 명을 넘어서 처치곤란으로 노상에 버려진 나라도 있다고 한다. 그러나 이 정도로 끝나는 것이 아니다. 겨울이 되면 더 기승을 부릴 것이란 예측도 나오고 있다. 인간이 개발한 항바이러스제와 항생제가 광범위하게 개발돼 인간의 수명연장에 높은 기여를 하고 있는 것도 사실이지만 아직도 그들(바이러스나 세균)을 제압하기엔 많은 시간과 연구가 따라야 할 듯하다.

그들은 또 인간의 공격을 피하기 위해 변형을 잘한다. 최초 중국 우한지역에서 발생한 바이러스는 COVID19—A형이었다. 인간들이 바이러스를 죽이기 위해 항바이러스제를 투여하면 그들도 살기 위해 변형을 한다. 한국을 비롯한 동남아 지역에서 유행한 바이러스는 B형, 유럽지역에서는 G형으로 변형되어 다시 RH형으로 번졌다. 이렇듯 어느 날 갑자기 번식하여 인간을 공격하는 것이 바이러스의 생리인 것이다. 학교와 교회가 문 닫고 대중업소도 휴업으로 대응하고 있었다. 벌써 재작년 9월부터 21년 5월 현재 21개월 됐는데도 완전 소멸은 커녕 갈수록 더 번지고 있다. 실제로 미국이 하루에 삼십만 명의 환자가 발생하여 세계 톱을 좋아하는 미국이지만 이번에는 불명예스러운 톱으로 인간을 괴롭히고 있다. 인도에서는 하루 40만 명이 넘는 환자가 발생하고 이란에서는 인구 팔천오백만 에서 1/3인 삼천오백만이 코로나에 감염되어 학교나 대중업소도 문을 닫았다.

설상가상으로 2차 감염되고 또 3차 감염되어 나라마다 백신 찾기에 열공을 들이지만 백신 하나 만들어 내는데 적어도 3~5년 걸려야 만들 수 있다. K.M.bio에서도 박사급 연구원들이 밤잠 설치며 연구에 몰두하고 있다. 빠르면 금년 말쯤 K.M.bio에서도 생산 가능할 것이라 한다. 이미 뉴화이자(New Pfizer), 뉴모더나, 뉴아스트라제네카에서는 임상 3상을 거치지 않은 제품으로 접종을 시작하고 있는 중이다. 그러나 2상만으로는 부작용을 감수해야 한다는 조건이다. 우리나라에서도 부작용을 감수하고 뉴화이자 제품으로 접종을 시작하였다. 또한 뉴아스트라제네카회사 제품에서는 혈전생성으로 사용중지 상태이다. 실제 뉴아스트라 백신을 맞고 사망한 건수도 여러 건이 발표되고 있다. 매우 불안전한 게임을 하고 있는 것이다. 그러나 확산 일로에 있는 상태이기 때문에 선택의 여지 없이 부작용을 감수하면서 접종을 시작하고 있는 것이다. 그나마 백신을 구할 수가 없어 뉴화이자에 통사정을 해도 주문

량의 10% 정도만 줄 수 있다고 한다.

이렇듯 세상은 변화무상하게 돌아가고 있다. 한국은 멀리 앞을 내다보고 이미 중화학 공업에서 벗어나 자율자동차와 헬스케어, 언텍(Uuntact)산업, 바이오산업, 석유를 대신하는 친환경 태양광, 풍력발전, 전기차, 수소차 분야에 적극 투자하고 미래 먹거리를 찾는 중이다. 따라서 한국의 바이오 기업만 50개가 넘으며 여기서 수출하는 진단키트와 의료장비만도 엄청난 물량으로 세계시장의 50%를 한국산이 차지하고 있다.

특히 한국의 방역 의약품과 진단키트가 우수하다는 평가를 받으며 다른 전기, 전자, 공산품, 자동차 산업에까지 확산되어 인기리에 수출 상담이 여기저기서 이뤄지고 있었다. 그 내면에는 중국 제품에 대한 불신과 한국의 의료시스템이 이번 코로나 사태를 계기로 세계가 인정할 정도로 신속 진단하고 격리치료에 성공하였다. 이렇듯 한국이 인정을 받자 'ACNN'과 'AWSJ'이 한국의 의료기술과 의약품 품질이 세계에서 일등가는 상품으로 선전하여 한국은 손도 않대고 코를 푸는 격이 됐으니 얼마나 행운(?)인가! 거기에 더하여 트럼프손 대통령까지 한국의 코로나 대응 정책을 적극 찬양하고 나왔고 또 치료제로 우리나라 S제약 제품을 트럼프손이 처방받아 복용 중이라 한다이로 인하여 모든 한국 제품이 인기리에 주문 쇄도하고 심지어는 제품에 한국의 상징인 태극 마크를 홀로그램으로 넣어 달라는 요청이 대부분이라고 한다. 이에 정부가 6 · 25 전쟁 중 우리나라에 군대를 파견한 나라의 참전용사에게는 마스크를 공짜로 100장씩 배달하여 한국이 더욱 유명해진 것이다. 실제로 코로나로 세계가 국경을 봉쇄하여 무역절벽 시대인데도 유독 한국만이 개방하여 자유왕래가 이뤄질 뿐 아니라 우리나라를 방문한 외국인까지 무료 치료해 주었으니 얼마나 감격할 일인가! 그 이면에는 한국의 전 분야에 걸쳐 연구와 투자를 과감하게 실행한 결과인 것이다.

'산업의 쌀'이라고 하는 반도체(D램)는 세계시장에서 품귀현상까지 오고 가격도 천정부지로 치솟고 있다 벌써 수십 년째 한국의 삼성과 SK하이닉스가 세계D램 시장의 70% 가까이 점유하여 타의 추종을 불허할 정도로 주도권을 잡고 있다. 이렇듯 한국의 제품이 세계시장에서 인정을 받고 있으며 반도체에 이어 의료기기, 의료기술, 전자, 철강, 자동차 등으로 확산되어 한국을 세계 경제대국 10위권으로 끌어 올리게 된 것이다. 또한 코로나 이후 한국 사회가 디지털혁명으로 이루어진 정보화 사회는 가일층 업그레이드되고 새로운 질서가 생기고 있는 중이다 주정진 박사는 이러한 흐름이 자신이 경영하는 'K.M.bio'에서도 호재로 작용하여 진단키트 주문이 밀려 일손이 모자랄 정도에 대책을 연구 중이다. 한편 진단키트의 원료인 뉴클레오시드를 직접 생산하기로 하였고 백신도 금년 말쯤 생산을 목표로 개발 중이며 치료제 연구에도 다른 회사보다 한발 앞서 있다. 셀트리온의 치료제가 나오고 녹십자 혈장치료제가 정부의 긴급 승인을 받았으며 유럽에서도 사용허가를 획득하여 곧 수출도 시작될 듯하다.

더불어 놀랄만한 사실은 한국이 코로나19 백신 위탁생산(CMO)생산기지가 된다는 것이다. 그만큼 시설과 기술이 앞서 있기 때문이다. 2020년 11월 현재 백신 수주량만도 녹십자가 현재 유엔 감염병혁신연합(CEPI)으로부터 5억 도즈(1도즈는 1회 용량)를 수주계약했다고 발표했다. 이밖에 삼성바이오로직스와 SK바이오사이언스에서도 대량수주를 받아서 생산 중이라한다. 이렇게 방역이 잘되고 또 바이오산업이 발달하니 세계가 부러워할 정도로 K-pop에 이어 의료, 바이오에 이어서 파급효과는 관광분야로까지 확산되고 있다.

한편 정부에서는 국회의원 보궐선거를 앞두고 여야가 지역구 후보 찾기에 막바지에 이르고 있었다. 분위기는 차분한 듯했지만 여당과 야당은 이미 물밑작전으로 선거전이 시작된 거나 다름없었다. 이런 와중에서 여당 측에서 선거일까지 지역구 후보로 대전의 을구로 출마해달라는 요청이 왔다.

주 박사는 고민이 앞섰다. 현재의 정당은 정책에 국민의 신뢰를 잃고 있었다. 원전포기, 아파트값 폭등, 법집행의 공정성을 잃어 이미 국민들은 등을 돌린 상태였다. 특히 LH 직원들의 땅 투기로 전국 부동산값의 상승으로 국민들의 원성이 자자지고 여론조사에서도 대통령 지지율이 날로 하락하여 30% 이하로 급락하고 있었기에 여당도, 야당도 마음에 들지 않았다. 고심 끝에 무소속으로 출마하기로 했다.

우선 선거 대책을 위해 조직편성부터 해야 했다. 선거 사무장부터 공모에 들어갔다. 또한 정치적 선배인 고등학교 동기생 김응원 친구의 자문을 받기도 하였다. 그는 3대째 서울 지역구 서초 특구에서 당선되어 야당의 대표로 활동하고 있는 유능한 인물이기도 하다. 그 친구로부터 조언과 사무장을 소개받았다. 사무실은 현재 사용 중인 자신의 사무실을 그대로 사용하기로 하고 책상과 컴퓨터 몇 대 더 들여놓았다. 꾸미고 보니 그런대로 손색없는 사무실이 됐다. 후보등록을 마치고 선거운동에 본격적으로 들어갈 시기였으나 코로나로 인해 집회가 금지되었다

운동 방법은 신문이나 TV에 출연하여 정견발표와 토론이었

다. 유권자들에게 알려야 할 의무도 있지만 오히려 소모적인 과열과 상대방 비방 같은 게 없어 건전한 운동이었다. 여론은 주정진 후보가 압도적으로 높았다. 지역사회에서 주정진을 모르는 유권자는 없을 정도로 기반이 튼튼한 인물이었다. 개표 결과는 주정진 후보가 당당히 85%로 전국에서 제일 높은 지지율로 당선의 영광을 차지하였다.

"주정진 후보, 금뱃지를 달고 국회에 입성하다."

국회 개원 첫날이다. 식순으로 우선 하반기 국회의장을 뽑아야 했다. 국회의장의 임기는 전반기 2년, 후반기 2년으로 후반기 의장을 선출하는 것이다. 또한 의장은 무소속이래야 된다. 후보는 3명이 경합 붙었다. 여기에는 지역구에서 최고 높은 85%로 당선된 주정진 의원도 포함되었다. 원내 분위기는 주정진 의원에 기울고 있었다.

노벨상수상에 이어 지역사회에서도 알아주는 봉사사업으로 전국에서도 알려진 사회사업가이기도 하다. 무엇보다 코로나 백신을 구하지 못해 나라 전체가 혼돈에 처해있는 데도 현 정부는 이에 제대로 대처를 못하여 환자는 날로 증가하여 벌써 12만 명을 넘고 있다. 이에 따라 잘나가던 경제가 침체되고 개인사업자가 부도에 폐업에 혼란으로 민심이 극도로 악화되어 있는 상황이었다.

이에 미국 백신전문제약회사 뉴화이자 CEO인 Jhon Martin 박사와 대학 동기이며 연구실에서 같이 연구하여 동시에 노벨상을 탄 막역한 사이였기에 정치권에서는 지금의 백신 난을 해결할 수 있는 유일한 사람은 주정진뿐이라고 생각하고 있었다. 여당의 입장에서 국민들의 원성을 다소나마 잠재울 수 있는 유일한 카드를 뽑은 것이다. 이에 여당에서는 주정진 의원을 국회의장으로 밀기로 결정이 됐고 표결에 붙여 여당의 지지를 업고 주정진 의원이 국회의장이 되었다.

한편, 정부 여당에서는 코로나 난국을 수습할 수 있는 인물을 찾던 중에 주정진 국회의장이 자발적으로 나서 코로나 백신을 해결해 보겠노라고 대통령과 환담을 나눈 뒤에 보건복지부의 코로나 자문역을 맡게 되었다.

정부에서는 대 국민홍보기간을 정하여 코로나에 대한 인식과 대응방법에 대한 매뉴얼을 정해 각 기관, 학교, 개인 사업장에 게시토록 하고 예방에 만전을 기하도록 하였다.

그러면 코로나가 도대체 왜 생길까? 인류도 바이러스와 같은 지구생물종으로 같은 지구생태인데 자연계에 일어난 생물종간의 전쟁인 셈이다. 지구상의 자연은 각기 일정한 생존법

칙에 따라 힘의 균형을 유지하며 살아가고 있다. 인류가 파악하고 있는 지구상 생물의 종류는 대략 150만 종이고 아직도 파악되지 않은 생물종이 1,000만~2,000만 종으로 추정하고 있다. 즉, 생물다양성이 인간을 감염병에서 보호한다. 인간이 생태계를 파괴하지 않아야 바이러스가 야생에 갇혀 있게 된다. 문명의 발달로 산업폐기물, 기타 환경호르몬의 방출로 인해 생태계가 파괴된 것이 원인이다.

이번 코로나는 중국 우한에서 최초에 생겼다고 해서 중국 폐렴인 우한폐렴이라고도 한다. 전염력이 매우 높아 삽시간에 전 세계로 퍼졌다. 코로나가 한번 번지면 마치 태풍이 휩쓸고 간 후유증 같아 지나간 지역을 폐쇄조치해서 병원이고 학교나 마트, 식당 등을 완전 차단하는 조치를 취함으로써 2차 감염을 사전에 차단하는 방법으로 가고 있었다.

세계의 표정은 참담했다. 1억 명 이상이 감염되고 수천만 명 이상의 목숨을 앗아갔다. 지금도 확산일로에 불안과 공포에 떨며 금년 겨울에는 더욱 기승을 부린다는 예보도 나와 있다. 무엇보다도 서로의 접촉을 피하기 위해 각국이 공항과 항만을 폐쇄하니 경제가 마비되고 있는 상황이다. 특히 경제대국인 미국이 타국민의 입국을 불허하고 뒤따라서 중국, 영국, 프랑스, 일본 등 대부분 나라들이 그에 동참하고 있다.

국내에서도 학교와 학원 등 인구 밀집 장소는 폐쇄하고 있다. 문제는 심각했다. 벌써 시작된 지 1년 반이 넘도록 경제의 흐름이 막혀 돈이 안 돌고 회사나 개인이 파산 지경에 이른 것이다. 벌써 개인사업자 중 경제 고통으로 수백 명 이상이 '극한상항을 선택했다'는 보도가 나오기도 하였다. 모든 공공기관이 폐쇄되고 학교, 학원, 극장 등이 휴교에 들어갔다. 5명 이상의 모임은 당국의 허가를 받아 지도 감시하에 모임을 할 수 있도록 법 개정도 마쳤다. 환자가 발생하면 높은 의료기술과 경비까지도 전부 국가에서 제공하여 공짜로 치료해 주는 것이다. 이리하여 대한민국이 다시 한 번 세계 코로나 퇴치 모범국가가 되는 순간이기도 하였다. 사람뿐만 아니라 국가 간의 교류도 막혀 무역이 감소됨에 따라 식량에서부터 생활필수품까지 값이 천정부지로 오르고 있다. 전 세계가 코로나19로 초 비상사태에 들어갔고 치료와 예방에 혼비백산되었다

다행히 뉴화이자와 뉴모더나, 뉴아스트라제네카, 뉴얀센, 뉴노바벡스에서 백신 생산에 성공하여 미국을 비롯하여 우리나라도 수입하여 접종이 시작됐다. 하지만 세계 인구 80억이 접종하려면 어림없는 생산량에 각 나라마다 백신 확보에 비상이 걸렸다. 심지어는 백신 생산국인 미국이 백신을 전략무기화하여 공급을 통제하고 있어 문제가 됐고 세계가 공급 부족

으로 아우성이다. 우리나라도 예외는 아니다.

'세계가 단합해야 코로나를 퇴치할 수 있다.'

세계 질서가 바뀐 지금 코로나에서 각자 도생은 위험하다. 세계가 단합해야 코로나와 전쟁도 이길 수 있다. 세계 2차대전 당시 연합국이 승리할 수 있었던 것은 미국 영국을 중심으로 한 연합국의 단합된 전투력의 회복에 기인한 것이었다. 역사를 되돌아보면 중세의 흑사병을 비롯하여 천연두, 폐결핵 등은 백신으로 거의 해결되었다.

현재 미국 뉴화이자에서 개발한 백신을 다음 주부터 접종할 계획이라 한다. 지금부터 접종을 시작해도 실제적인 효과는 1년 이후에나 모든 사람이 자유롭게 행동할 수 있을 것이라 한다. 하지만 경제적 여유가 없는 국가나 개인은 여타의 사유로 접종이 늦어질 수도 있을 것이다.

우리나라도 K.M.bio에서 개발한 항체치료신약을 년내에 투약을 목표로 식약청에서 검토 중이고 또한 백신도 곧 임상이 끝날 예정이며 가급적 빠른 시일 내로 접종을 시작할 계획이라 한다.

〈코로나에 대한 국민행동 지침〉

1. 마스크 쓰기 운동
2. 손을 흐르는 물에 비눗물로 30초 이상 씻기
3. 기침할 때는 소매 자락으로 가리고 하기
4. 서로 간의 거리는 2.5m 떨어지기
5. 열나거나 기침이나 인후통 있으면 검사받기
6. 손으로 입, 코, 눈 만지지 않기

"여섯 가지만 잘 지켜도 감염을 90% 이상 예방이 가능하다!"

그리고 환자 한 사람 발생하면 GPS 위치를 추적하여 인적사항을 알아내어 바로 조치해 확산을 미리 막았다. 또한 외국에서 입국하는 사람들은 무조건 집에 2주간을 격리수용 관철시켰다. 이렇듯 과학적인 추적으로 환자를 신속히 찾아내어 조치하는 것이다. 이것이 한국식 코로나퇴치법이다.

오늘은 주정진의 큰아들 주현석이 집 떠난 지 6년 만에 미국 유학을 마치고 고국 땅을 밟는 날이다. 온 집안이 기쁨과 설레임에 들떠 있었고 저녁식사는 회식으로 병원, 약국, 교회의 식구들 모두가 참석하는 일로 분위기가 수런수런하였다. 현석 군의 어머니 다문화병원 이보령 원장은 아들 만나는 기쁨에 일이 손에 잡히지 않고 아침부터 안절부절 왔다 갔다 하기에 바빴다.

그도 그럴 것이 아들 현석이가 여자 친구와 같이 온다는 바람에 더욱 더 초조하고 일이 손에 잡히지 않았다. 6년이란 긴 세월을 보고 싶고 그리워했던 아들이 아닌가! 어려서부터 남달리 엄마를 사랑했고 학교 성적도 항시 수석으로 부모의 사랑이 극진했던 아들이 아닌가.

아들 현석은 대전 D고를 졸업하고 아버지 모교인 서울 S대학 약대를 우수한 성적으로 졸업하고 미국 유학길에 올랐던 것이다. 미국에서도 아버지의 모교인 UCLA 대학에서 생명공학을 전공하고 약학박사 학위까지 딴 장래가 촉망되는 한국의 인재였다.

'인천공항에서 부자간의 해후'

'LA발 KAL 3025 3시 40분 도착'

전광판에는 자막이 유난히 반짝 거렸다. 시간은 아직 15분을 더 기다려야 했다. 주 박사는 의외로 마음이 차분히 가라앉은 상태로 신문을 펴들었다. 순간 '아버지' 부르는 아들의 목소리, '현석아' 하고 부르는 아버지의 목소리가 대합실 천장에서 메아리쳤다. 기쁨의 순간을 힘껏 포옹함으로써 가슴에 묻었던 정한을 풀었다. 순간 미모의 서양 아가씨가 현석 옆에서 정중히 인사를 하고 있었기에 아버지는 금방 알아차리고 인사를 했다.

"어서 와요, 반갑습니다. 이름이?"

"안녕하세요. 말씀 많이 들었습니다. '미스 스미스 바이슨'이라고 합니다."

"와우! 스미스 양, 한국말 참 잘하시네요. 하하 하여튼 반가워요. 아버지 대통령께서도 안녕하시구요? 현석이 한테서 자세한 얘기 들었습니다."

정진은 아들 애인 스미스 양에 대해서 그녀의 아버지가 미국 대통령 '존 바이슨'이란 사실도 이미 알고 있었다. 세계적으로 확산일로에 있는 코로나 문제로 미국 뉴욕에서 G20 선진국 보건복지부 장관 회의가 있었다. 이때 정진은 의료분야 고문으로서 보건복지부 장관과 함께 동행하여 바이슨 대통령이 개막 연설 차 참석하여 잠깐 만나서 서로는 이미 알고 있는 사이였다. 또한 둘 사이는 아들과 스미스 양이 부부가 된다면 서로가 사돈뻘 되는 사이가 아닌가! 정진은 기분이 우쭐하니 마치 자기가 미국 대통령이라도 된 듯 어깨가 으쓱해졌다. 또한 아들 현석의 미래도 긍정적으로 생각하니 마냥 즐겁고 기분은 지나가는 사람 아무나 붙잡고 소리를 지르고 싶었다.

"나는 미국 대통령하고 사돈을 맺었습니다."

설레든 분위기도 잠시, 기대했던 저녁 만찬은 수포로 돌아갔다. 한동안 잠잠하던 코로나19 확진자가 하루 600여 명에서 1,000명으로 불어나자 정부는 거리두기를 한 단계 높이고 모든 개인과 사업장 통제에 들어갔다. 모든 사람은 마스크를 사용하고 식당, 노래방, 헬스장, 극장은 향후 2주간은 영업 중지할 것과 5인 이상의 집회를 금지하고 개인 간의 거리를 2.5m 떨어지도록 조치를 하였다. 따라서 현석 군의 축하 회식은 물 건너가게 되었다. 현석 군과 이보령 원장의 준비가 수포로 돌아가자 여간 서운한 게 아니었다.

하지만 아버지가 국회의장으로서 누구보다도 솔선수범을 보여야 했다. 한편 세계정세는 코로나 퇴치로 올인하고 있었다. 각 나라마다 입국을 거부했고 검역이 심각할 정도의 기세로 바이러스가 창궐하고 있었다. 하지만 우리나라는 외국인 입국을 허락하고 그 대신 공항에서 검역을 철저히 하고 증상이 유사한 외국인 환자는 2주간 별도의 장소에서 격리 관리를 하였다. 확산을 근원적으로 막자는 것이다.

이러한 예방조치가 잘되어 백신 부족으로 받는 고통을 다소나마 줄여 가고 있었다. 하지만 국민들은 백신 부족에 불만이 많았다. 미국 국민들은 이미 1차 접종이 끝나고 2차 접종에 들어갔고 이스라엘도 1차 접종이 끝나자 코로나 펜데믹에서 벗어나 시장경제가 호전되고 있다는 것이다. 이토록 미국을 비롯한 선진국에서는 백신 접종이 빠르게 실시되어 코로나 공포에서 벗어나 백화점마다 호황이라 한다. 정진은 국회의장이자 보건분야 고문으로서 체면이 말이 아니었다. 다시 미국에 뉴화이자를 방문해서 다짐을 받기로 하고 계획을 짜야 했다.

'태평양을 건너온 토네이도(Tornado)'

새해 벽두부터 대설주의보가 발효되어 길거리는 하늘하늘 눈이 내리고 있었다. 보문산록에 자리 잡은 아파트에서 창 너머 내다보이는 시가지 건물 위에는 어느새 눈이 제법 쌓였고 자동차 거리는 차가 움직일 수 없을 정도로 수북이 쌓여 도로는 그대로 주차장이 되고 말았다. 눈 때문에 다문화병원과 약국에는 환자도 별로 였고 눈발 속에 하루가 저물어가고 있었다. 많은 나이에도 마음은 아직도 어려서 초등학교 시절 학교 운동장에서 눈사람 만들고 눈싸움하던 옛 추억에 잠시 묻혀본다.

순간 떠오르는 얼굴이 생각나 폰을 드는 순간 의외의 문자가 튀어나왔다. 정진에게는 늘 마음 한구석에 그림자로 따라 다니는 이성이 있었다. 미국 유학시절 연구실에서 같이 근무한 '헬렌 박사'였다. 대학 후배이자 같은 연구분야로 같은 연구실에서 근무하면서 나에게 많은 도움을 준 여성 친구였다. 무척 기뻤지만 마음 한편에는 은근히 걱정의 그림자도 있었다.

그러나 부딪치고 보자는 강심보가 되어 그녀가 묵고 있는 조선호텔 105호실로 찾아갔다. 미국에서 그들은 주말에 바람 쐬러 드라이브도 하고 저녁식사를 같이하면서 하루의 피로를 풀기도 했다. 그러던 어느 주말 저녁식사하면서 하루의 스트레스를 풀고자 와인 한 잔 걸치니 기분이 그렇게 좋을 수가 없었다. 내친김에 몇 잔 더 마셨다. 술이란 취할수록 기분이 좋아지면서 본능이 작용하는 괴물인 것인가? 가슴에서 배 쪽으로 뻗치는 빈 기운이 있었다. 몸속에 내장들이 깡그리 비어 버리고 휑뎅그런 몸뚱어리 속을 바람이 불고 지난다. 양말을 신지 않은, 맵시 있게 살이 붙은 두 다리는, 문득 본능적인 생생한 감성을 자극했다. 정진은 가슴이 꽉 막혔다. 보고 있으면 볼 수록 살빛은 태어나 처음 보는 듯이 희였다. 곤색 스커트, 무릎팍에서부터 내민 다리는, 뚝 끊어져서 놓인 '토르소'였다. 이 매끄러운 닿음새, 따뜻함, 사랑스러운 통김, 이 살아 있는 두 개의 기둥. '몸의 길은 몸이 안다.' 정진의 숨결은 거칠어지면서 그를 껴안았다. 그의 품속에서 그녀는 슬며시 눈을 감았다. 도톰한 입술을 깨물어 열고 부드러운 혀를 씹었다.

그는 한 팔로 그녀를 받쳐 안고, 풍만한 가슴과 허벅지를 더듬어 수풀 속 이끼처럼 촉촉한 사타구니에 손가락을 파묻었다. 그 순간 여자의 입에서는 신음소리가 새어나왔다. 둘은 숨이 몹시 가쁘게 그들만의 포즈로 무아의 경지에 들어가고 있었다. 잔잔한 호수에 유유히 흘러가는 돛단배, 갑자기 격랑에 요동치며 몹시 흔들리고 있었다. 멀리서 은은히 들려오는 성당의 종소리에 세상은 고요와 적막 속에 묻히고 있었다. 이 절정의 순간에 고요를 깨는 황홀경의 야릇한 괴성이 둘만의 영원 속으로 빠져 들어가고 있었다.

그 후 평소와 같이 직장에서 헬렌과의 사이는 평범한 사이로 지냈고 그녀도 별다른 반응이 없이 지내고 있었다. 그런 그녀가 예고도 없이 불쑥 나타나 당황하지 않을 수가 없었다. 날씨도 너무 춥고 마땅찮아 눈 내리는 덕수궁 담 길을 걸으며 지난 연구실에서 일어났던 추억어린 이야기를 하면서 특히 헬렌에게는 일생일대에 가장 위험한 순간이기도 했던 실험 도중에 일어났던 화재 사건이 화젯거리가 되었다.

샘플을 플라스크에 넣고 에테르로 추출하는 과정에서 부주의로 에텔이 밖으로 튀어나와 화재가 발생하여 그녀의 가운에 불이 옮겨 붙어 사람이 불기둥 속에 갇히고 그 순간 뛰어든 것이 옆 실험대에 있던 정진이었다.

순식간에 불 붙은 가운을 베껴 제치는 바람에 브라우스가 벗겨지고 그녀의 상체는 브레지어까지 벗겨져 알몸이 그대로 노출되었고 순간 정진의 가슴팍에 파묻히게 되었다. 숨막히는 순간의 질주였다. 다행히 몸에는 상흔이 없었지만 눈 깜짝할 사이에 일어난 사건이라 당황하지 않을 수 없었다. 정말 사람이 다치지 않았다는 게 기적 같은 일이었다. 하지만 그 광경을 실험실 내 모두가 보고 있었다. 그는 얼마나 창피했겠나, 생각만 해도 아찔한 순간이었다. 그 후로 그녀는 생명의 은인이라며 정진을 대할 때마다 고맙다며 말한다.

"정진 씨가 살려낸 몸이니 정진 씨를 위해 목숨 바쳐 지키겠어요."

설상가상으로 더욱 놀란 것은 사진 한 장을 내 놓으면서 말한다.

"이 아이가 정진 씨 피붙이입니다. 이름은 존슨, 아빠 성을 따서 Joo orient jhonson(주 오리엔트 존슨)이랍니다."

보아하니 5~6세의 남아였다. 순간 심장이 덜컥 떨어지는 것 같았다. 아! 주여! 어찌 하오리까! 언젠가 그는 농담 한마디 '나는 결혼하면 정진 씨 닮은 애기를 날거야' 넌지시 한마디 던지던 농담이 진담되는 순간이자 정신이 아찔했다. 이 일을 어찌한담? 스스로 자책해보지만 사건은 확대 재생산되어 정진의 가슴을 조여오고 있었다. 한편으론 존슨이 보고 싶어지기도 했다.

더욱이 그녀는 한 달간 휴가를 내었고 정진과 함께 여행을 하기로 작정하고 한국에 왔다고 했다. 한편 그녀의 욕정은 가슴으로 고동치고 있었다. 이미 그녀의 탐욕스런 입술이 정진의 입술을 덮치고 있었다. 점차 그녀는 머리에서 발끝까지 온몸으로 나를 짓눌렀다. 그녀의 음부에서는 뜨거운 애액이 흥건하게 흐르고 거친 신음소리는 밤의 고요 속으로 흩어지고 있었다.

"아! 그렇게도 그립고도 보고 싶었던 이 마음을 당신은 모르셨나요!"

열정이 최고조에 오르자 그녀는 굶주린 늑대가 포효하듯 야성의 괴성을 내품으며 고속도로를 달리고 있었다. 휴게소도 없이 계속 페달을 밟고 있는 그녀의 질주는 보통 남자로서는 감당하기 힘들었다. 한바탕 소나기가 퍼붓더니 쉴 틈도 없이 금방 또 더욱 강력한 폭우가 쏟아지는 게 아닌가! 장장 세 차례의 폭우가 지난 후에야 반짝 햇빛이 비쳤다. 거센 풍랑은 고요 속에 잠들어 무한의 깊은 늪 속으로 빨려 들어가고 있었다.

잠시 후 정진은 옷매무새를 가다듬고 그녀에게 3일 후 다시 오기로 하고 방을 나왔다. 5월의 밤공기는 달아오른 열기를 식혀주고 심호흡을 하니 맛있는 꿀물과도 같이 달콤하였다.

서울역에 오니 마침 마지막 대전행 KTX를 탈 수 있어 감사했다. 새벽 1시 돼서야 집에 도착한 정진은 이런 사정을 아내인 이보령한테 이야기를 할 수도 없어 샤워하고 그냥 잠자리에 들었다. 그러나 여자의 발달된 후각에 눈치가 빨라 와이셔츠에서 여자 냄새를 맡을 수 있었을까! 토라져 누운 아내를 어떻게 변명으로 설득시켜야 할지 난감하기만 한데 용기를 내 정면 돌파로 이실직고하기로 했다. 언젠가는 한 번 터질 일 끝까지 숨길 수는 없었다.

'매도 먼저 맞는 게 낳다'는 속담같이 모든 걸 다 털어놨다. 그리고 내겐 오직 당신만이 소중하니 오해 풀라고 밤새도록 설득하다 못해 꼬박 날을 새우고 말았다. '여자가 한을 품으면 오뉴월에도 서리가 내린다'는 말을 상기하면서 모든 구박과 신경질을 기꺼이 받아드릴 수밖에 없었다. 그저 '고양이 앞에 쥐'가 되어 있었으니 사내대장부로서 체면이 말이 아니었다.

어느덧 그 매섭던 겨울 추위도 가고 대청호반 '샘터 전원마을' 뜰에는 홍매화가 피고 대청호 수면 위로 물안개가 자욱히

낀 사이로 아침 햇살이 강물을 녹이며 봄이 성큼 다가왔다. 수변엔 버들강아지가 뽀얗게 분단장하고 봄맞이를 하고 강 건너 마을 거위 가족도 날갯짓을 펴고 봄맞이에 강을 거슬러 올라가며 자맥질하기 바쁘다.

오늘은 일본 유학간 둘째 현숙이가 돌아오는 날. 온 가족이 모여 환영식을 해야 했지만 코로나로 생략하고 우선 전화로 서로 소통하고 집에서 2주간 격리하여 코로나19 감염 여부를 확인하는 절차가 끝나야 서로 만날 수 있다. 그날 저녁은 엄마가 직접 요리를 해서 평소 현숙이 좋아하는 춘천 닭갈비를 준비했다.

일본 객지에서 자취하면서 공부하느라 항시 시간에 쫓겨 밥도 제대로 먹고 다니는 날이 드물었다. 현숙이가 게이오대학 연극영화과를 졸업하고 곧바로 대학원에 진학하여 박사과정 졸업 논문을 제출하고 머리를 식히고 장래문제도 부모님과 상의차 집에 왔던 것이다.

부모님은 모교나 아니면 다른 사립대학 자리를 알아보는 게 좋지 않겠느냐며 딸의 박사학위 취득을 축하해 주었다. 현숙은 엄마가 아직 확정도 않된 학위를 취득한 것같이 자랑할까봐 제동을 걸고 다짐을 받았다.

"엄마 어디 가서 누가 묻거든 내가 아직 공부하는 중이라고 해야 돼요."

"그래 알았어."

눈코 뜰 새 없이 바빴던 일과에 어느새 봄도 지나가면서 코로나19는 기대와는 달리 지난겨울 하루 500여 명에서 1,000명대로 늘어나 긴박한 상황이 됐다. 정진은 보건복지부 고문으로서 그냥 구경만 하고 있을 수 없는 입장이다. 정국도 바쁘지만 정진도 개인적인 사업관계로 정신없이 바쁘게 돌아가고 있었다. 우선 다급한 것은 코로나 백신 수입이 늦어지면서 국민들이 불안해하고 있었다. 뉴화이자, 뉴모더나. 뉴아스트라제네카와 계약은 했지만 수요는 많고 공급이 부족하여 금년 하반기나 가야 구입이 될 것 같아 정책책임자로서 국민들께 면목 없게 돼서 우울한 나날이 계속되고 있었다.

서울 용산 대통령실에서는 매일 백신 공급 스케줄을 내놓라고 보건복지부를 달달 볶고 있으니 고문으로서 가만히 있을 수만 없어 정진은 비서관 한 사람만 데리고 미국으로 직접 날아갔다. 미국 FDA에 근무하는 잘 아는 한국인 강헌구 박사에게도 연락을 하여 만나기로 사전 약속하고 출발했다. 강 박사는 UCLA 대학 동기이며 연구실에 같이 근무한 가까운 사이고 그는 뉴화이자 CEO Jhon Martin 박사와도 가까운 친구 사이였다. 저녁 만찬에 초대되어 온 Jhon Martin 박사는 주정진 박사를 보자 반갑게 인사를 한다.

"야! 친구야 반갑다."

"그으래? 잘 있었지?"

반갑게 맞아주었다. 둘 사이는 또 다른 미국인 Anold Gootel과 함께 창업한 벤처기업 U.K Medicine Theraphy의 창업 동지로 주정진과는 죽마고우와 같은 친구 사이가 아닌가! 그런 연유로 Martin 회장은 이번 코로나 사태에 한국에 대해 특별히 관심을 많이 가지고 있었다. 작년 코로나19가 처음 번질 때 한국이 모범을 보였다며 자신도 친구의 나라가 자랑스러웠다고 정진을 띄워주웠다. 주 박사가 한국 인구가 현재 5,200만 명이라서 5천만 병을 주문해야 될 형편이라고 하자 Jhon Martin은 말한다.

"그 반 정도면 미국 다음으로 최우선으로 공급하겠다."

약속을 받아냈지만 시기가 문제였다. 다시 공급 시기를 2분기로 다짐받아 놓고 더불어 백신 생산도 한국에서 하기로 약속했다. 백신 확보는 끝났지만 조건부 계약에 마음 한구석이 찜찜했다. 임상 3상이 끝나지 않아 접종 후 부작용으로 사망할 수도 있다는 것이다. 그러나 대국적인 견지에서 극소수의 부작용은 세계가 다 인정하고 들어가는 추세라서 주정진 고문도 선택의 여지가 없었다. Time지 보도에 의하면 "영국에서는 뉴아스트라제네카 백신을 이미 접종을 시작하였다."는 뉴스가 나왔다. 주 고문은 내친김에 귀국대신 대서양을 건너 영국 히드로 공항에 도착했다. 회사로 직행하여 CEO를 찾아 담판을 지었다.

"당신네 백신을 차질 없이 우리나라에서 최신공법으로 생산해줄 테니 우리에 백신을 우선적으로 공급해 달라!"

하고 제의를 하자 기꺼이 수용하였다. 뉴아스트라 입장에서는 대환영일 수밖에 없었다. 꿩 먹고 알 먹는 입장이니 생각할 것도 없이 바로 계약이 성립되었던 것이다. 사실 세계적으로 백신을 생산할 수 있는 나라는 몇 안 되었다. 그만큼 우리나라 기술을 자타가 인정한 셈이다. 뉴화이자 백신 계약소식이 우리가 한국에 도착도 하기 전에 한국 신문에서는 톱뉴스로 터져 나와 전 국민이 환호성을 질렀다.

보건복지부 주정진 고문은 귀국하자마자 한반도 대통령에게 모든 사항을 보고하였다. 대통령은 국정수행에 제일 다급한 사항을 무사히 해결하고 돌아온 주 고문이 너무나 고맙다는 찬사를 보내고 위로해 주었다. 대통령은 모처럼만에 기분이 좋아 국무회의를 소집하고 코로나 백신 주무장관인 보건복지부 장관으로 하여금 이번 백신 계약 상황을 발표하도록 하였다. 또한 기자 회견을 하고 국민들을 안심시켰다. 술렁이던 국민들도 다소 진정되는 모습을 보여 코가 석 자까지 빠졌던 범여권에서는 기가 살아나는 기분이었다. 따라서 주정진 고문은 내각의 모든 장관으로부터 칭찬받기에 바빴다. 집에 돌아온 정진은 이 모두가 '예수 그리스도'의 도움으로 이뤄졌음에 감사드리고 다시 일상으로 돌아왔다.

한편 밤늦게 돌아온 정진은 샤워로 몸을 풀고 내일 신문에 빅뉴스를 기대하면서 잠이 들었다. 아침 산책을 하고 돌아와 조간신문을 편 정진은 깜짝 놀랐다. 자기 이름 석 자가 대형사고의 주범으로 전면을 메우고 있는 것이 아닌가. TV 방송도 요란하게 화면을 가득 채우고 있었다. 거기엔 '주정진'이란 이름 석 자가 대문자로 올라 기사에 꽂혀 있었다. 주정진이 회장으로 있는 S-대전상호신용금고에서 대형 금융사고가 터진 것이다. 대표이사로 있는 처남이 회삿돈 100억 원을 횡령하고 중국으로 야반도주한 사건이었다. 하늘이 무너지는 듯 앞이 캄캄했다. 우선 경찰 범죄수사대에 신고를 하고 또 인터폴(국제형사경찰기구)에 수사를 의뢰했다.

신문마다 대서특필로 연일 기사가 나갔다. 긴급 이사회가 열렸고 해결방법을 제시했다. CEO인 주정진 회장이 반을 부담하고 나머지는 대주주를 중심으로 모금하기로 하였다. 소액

주주들이 더 적극적이었고 그동안 정진그룹에서 많은 혜택을 본 일반 회원들도 자진해서 기십만 원부터 얼마간의 성금을 기탁해주어 금액은 한 달도 되기 전에 100억 원이 모아졌다. 이렇게 하여 S-대전상호신용금고는 정상적으로 운영이 되어 조금도 흔들림 없이 정상으로 돌아갔다. 회장인 주정진도 잠시 야당의 공격을 받다가 풀려났으며 모두가 다시 정상으로 돌아왔다.

한편 중국 칭화대학으로 유학 갔던 막내 현경이가 박사 논문을 끝내고, 그립고 보고 싶었던 부모님을 찾아 인천공항에 도착하니 현석 오빠와 현숙 언니가 마중 나와 기쁨을 감추지 못하고 껑충껑충 뛰면서 얼싸안고 눈물을 글썽거렸다. 오빠의 승용차로 고향 집 대전에 도착하니 부모님과 형제자매가 다 모여 집안은 모처럼만에 시끌벅적하니 사람 사는 분위기였다. 부모님 슬하를 떠나 이국만리에서 그립고 보고 싶었던 부모형제를 만난 현경이는 와락 눈물부터 주르르 흘리며 엄마 품에 안겨 엉엉 소리 내어 한참을 울었다.

그제야 정신이 났는지 아빠, 오빠, 언니를 부르며 눈물을 거두었다. 실로 대학 졸업식 때 보고 석사 박사과정 5년 동안을 객지에서 외롭고 힘든 시간을 박사학위 논문준비로 밤을 새우

다시피 도서관에서 살아야 했다. 시간을 내어 고향 집 방문을 계획했지만 코로나19로 출국금지로 공항을 빠져나갈 수가 없었다. 그동안 쌓였던 서러움이 입안에 아이스크림 녹듯이 녹아버리고 마냥 즐겁고 행복한 순간이었다.

저녁 밥상을 물린 후 정진은 집안 가장으로서 오랜만에 따뜻한 사랑을 베풀고 또 자녀들의 진로를 상의해야 할 것 같아 후식을 먹으면서 자연스럽게 서두를 꺼냈다.

"사랑하는 현석아, 현숙, 현경아. 그동안 학업에 고생이 많았구나. 낯설은 외국에 가서 공부한다는 게 나도 겪어 봤지만 정말 너무 힘든 거야. 현석이는 약학박사로 우리 회사인 K.M.bio에서 연구부에서 일하기로 하고, 현숙이는 영화학과 박사로서 모교인 게이오대학에서, 현경이는 공학박사 학위 취득하여 모교인 서울대에서 AI공학과에 사회 첫 출발하게 됐으니 축하한다. 직장이란 내 인생에 가장 소중한 동반자야. 어려운 시기에 직장 구하느라고 애들 많이 썼구나. 반갑고 모두 축하한다. 이제는 각자 자기 전공분야에서 유능한 학자가 되도록 최선을 다하여야 할 것이다. 그리고 국가와 사회를 위해 헌신하기를 바란다. 또한 지도자로서 모범을 보여야 한다. 제자를 사랑으로 대하고, 이웃들과 갈등 일으키지 말고 인내와 덕을 베풀고 검소하며 자신을 낮추는 겸양지덕으로 처세를 한다면 세상은 내 편에 서서 나를 응원할 것이다. 세상은 공짜가 없으며 노력한 만큼 성과가 따라오는 것이여. 특히 한평생 잊지 말고 생활화해야 할 것은 예수그리스도를 믿고 실천하는 기독교인으로 살아야 한다."

정진은 말을 이어갔다.

"특히 오늘 모임의 주제는 인생에서 가장 소중한 대사 중의 대사인 결혼문제를 상의하고자 한다. 대충 너희 엄마한테 들었다만 '삶'의 기본은 역시 '가정'을 가꾸는 것이야. 따라서 배우자는 내 인생에서 가장 소중한 나의 동반자이지. 이제 각자 사귀고 있는 배우자감을 소개해주기 바란다. 현석이는 앞서 소개했듯이 스미스 밀런 양이고 현숙이부터 얘기해 봐라."

둘째 딸 현숙이 말한다.

"네, 아빠. 같은 과 클래스메이트이구 그의 아버지는 현 일본 총리 기시다 후미의 아들 '게이조'이어요. 키가 아버지처럼 크고 추물이지만 마음씨 하나는 끝내줘요."

정진은 시선을 막내 현경한테 돌리며 물었다.

"그럼 현경이는?"

막내 현경이 대답한다.

"남자가 있지만 인물이 추물이라 할까 말까 생각 중예요."

엄마 이보령 원장이 묻는다.

"그래 말해 봐?"

"음~, 현 중국 국가주석인 시진표의 아들 시무휴 군이구요. 머리가 비상해요. IQ가 150이래요! 우리 반에서 항상 1등 했지요."

정진은 흡족한 마음으로 만면에 미소를 지으며 말한다.

"이렇게 각자 배우자는 선정되었으니 잘됐구나! 그럼 금년 가을쯤 결혼식을 올릴까 한다! 가정이란 인생에 있어 가장 소중한 행복을 창조하는 장소이며 동시에 휴식의 공간이기도 하지. 그 행복의 보금자리를 부모가 둥지를 틀어주는 것이다. 마침 각자 사귀는 배우자감이 있다 하니 아주 잘됐구나. 결혼 전에 집으로 데려와 보도록 하자. 이 아빠가 심사해서 합격해야 통과되는 거여! 못 생기거나 눈 한쪽 없으면 불합격이다."

"호호호— 호호호— 아빠두 농담이 진하시네!"

현숙이가 아빠의 농담을 받아쳤다. 전부들 한바탕 웃음으로 화답했다. 이번에는 다문화병원 이보령 원장이 말한다.

"가을에는 결혼식 올리기로 각자 배우자와 상의해 보도록 하거라. 이제 배우자가 선정된 만큼 날짜를 잡아 합동결혼식을 올려보자. 어떠하냐? 멋진 아이디어가 아닐까!"

이에 큰아들 현석과 둘째 딸 현숙, 막내딸 현경이 찬성한다.

"우리 아빠 엄마 역시 멋쟁이야. 하하하— 호호호—."

사실 본인들은 혹시나 부모가 반대라도 할까 봐 은근히 걱정을 하고 있던 차에 통쾌하게 허락하시니 기분이 너무 좋아 하늘을 나는 기분이었다. 정진이 다시 말한다.

"참, 하나 더. 다문화센터에 김민우 선생과 칸 씨도 이번에 결혼식을 올려주기로 했다. 두 선생은 우리 다문화센터의 핵심 멤버로 초기부터 지금까지 헌신적인 봉사를 해온 훌륭한 선생님들이지. 정말로 고마운 분들이야. 그런데도 아직까지 결혼식을 못 올려 옆에서 봐 오면서 안타깝게 생각해 왔는데 이참에 같이 식을 올려주기로 하자."

이렇듯 구상을 하고 나니 정진은 큰 짐을 벗은 듯 기분이 홀가분하니 개운하였다. 사실 그간 바쁜 일상에 치우쳐 다문화교회와 다문화센터에 대해서는 좀 소홀히 했던 것도 사실이었다. 그동안 무심했던 자신을 힐책하면서 두 사람을 조용히 불러 대화를 나눴다.

"김 선생, 그리고 칸 선생, 그동안 우리 다문화교회와 다문화센터에서 봉사도 많이 하셨고 애 많이 쓰셨어요. 두 분은 나이도 들으셨고 이제 결혼도 하셔 가정을 가져야 할 시기가 됐네요. 진작에 내가 챙겨줬어야 하는데, 좀 늦은 감도 있지만 이번에 자식들을 합동으로 결혼식을 올리기로 하였으니 같이 합동으로 혼례를 올립시다. 또 경제적인 문제는 정진그룹 S-

대전상호신용금고에서 무이자로 필요한 만큼 대출해주기로 했고 또한 월급도 생활에 지장 없을 정도로 올려주기로 하였어요."

김민우 선생과 칸 선생은 일생 최대의 기쁨 속에 둘이서 얼싸안고 깡충깡충 뛰었다.

"하나님에게 감사합니다. 우리 주정진 회장님 최고야!

"꿈에 그리던 내 집과 가정을 꾸리게 됐으니 이게 꿈인지 생시인지 구분이 안 되어요!"

김민우 선생은 고아 출신으로 고생 고생하면서 여기까지 오는데 수난과 고통의 역사였다. 그는 신문배달, 건축현장 등 막벌이 노동으로 대학을 졸업한 착한 모범생이었다. 또한 필리핀 출신 칸 선생도 일찍이 고국을 떠나와 고학으로 장학금받으며 대학을 졸업했으니 고생이 이만저만이 아니었을 것이다. 그들의 오늘 이 기분은 하늘 높이 치솟아 저 흘러가는 구름을 타고 어디론가 날아가고 있었다. 정말 황홀경 그 자체였다.

무더위에 지친 하루를 시원한 음악으로 풀어주던 매미소리도 사라지고 아침, 저녁으로 선선한 바람이 불더니 금방 가을이 돌아왔다. 한편 코로나 환자도 하루 30명 이하로 줄어들고 백신도 정상적인 접종이 되고 있었다. 이런 상황이라면 9월 집단 면역도 가능하고 경제도 정상적으로 성장에 무리가 없을 듯했다. 아울러 국민들의 불안한 심리도 안정되어 가고 있었다. 늦었지만 참 다행이었다.

한반도 대통령도 기분이 좋았는지 국무회의를 소집하고 점심에 영부인께서 손수 빚은 만두국으로 고마운 마음을 표시하였다. 물론 백신 조달에 결정적인 역할을 해온 주정진 고문도 초청이 되었고 대통령의 칭찬도 입에 침이 마르도록 하였다.

한편 세계적으로 코로나 펜데믹도 꺽이고 무역과 여행이 풀리는 듯 공항도 초만원으로 발 디딜 틈이 없었다. 사회적 여건이 점차 좋아지자 정진은 자녀들 결혼을 마무리져야 했다. 퇴근길에 잘 아는 동양철학하는 후배 김찬란을 만나 차 한 잔 나누면서 사정 이야기를 하였다.

"아! 형님 좋은 날 잡아 드리겠오."

하고는 10월 3일 개천절로 잡아주는 것이다.

D-day 한 달 전에 업무가 쌓이고 바쁜 중에도 정진은 밤잠을 할애하면서 사돈될 각 나라 수상과 대통령에게 수기로 일일이 편지를 써 예의를 표했다. 미국 대통령 존 바이슨, 일본 총리 가시다 후미, 중국 국가주석 시진표에게 친필로 편지를 썼다.

"경애하는 미합중국 존 바이슨 대통령 각하!"

"오늘 존경하는 각하께 인사 올리게 됨을 영광으로 생각합니다. 귀댁의 따님 존 스미스 양과 제 자식 주현석 군의 백년가약을 진심으로 축하드립니다. 국무에 바쁘시겠지만 참석하시어 자리를 빛내주시면 감사하겠습니다."

일시 : 2023.10.03.12:00
장소 : 대한민국 청와대 열린뜰

2023.9.3 대한민국 국회의장 Joo Jung-Jin 올림

또한 중화민국 국가주석과 일본 수상에게도 같은 양식으로 국제우편으로 보냈다. 가을철로 접어들자 전국이 마치 물감이라도 뿌린 듯이 단풍으로 아름답게 물들었고 길가에는 코스모스가 한들한들 춤을 추고 있다. 사시장철 중 가을 풍광이 더 예쁜 것은 샛노란 은행잎이 더욱 돋보였기 때문일까! 한국의 가을은 정말 아름다운 계절이다.

드디어 D-day 날이었다. 국제적인 행사를 치른다는 것이 왠지 어색하고 준비도 부족하여 어설프기만 하였다. 오늘따라 청와대 경치가 너무 좋아 감탄했다. 맑은 태양은 아침부터 북한산에서 빛나고 푸르르게 우거진 편백나무 숲속에서 뿜어 나오는 피톤치드의 향긋한 내음은 금방이라도 폐에 들어가 약효

가 발생하는 듯 피로가 싹 풀렸다. 산새들이 재잘재잘 아침방아를 찧고 높고 푸른 가을 하늘에는 솜털 같은 흰 구름이 유유히 흘러가고 있었다.

또한 정진은 한국의 멋진 가을 풍광에 도취되어 설악산, 지리산, 속리산의 가을 단풍을 즐기고 있는 헬렌 박사를 결혼식장에 초청하여 가족에 인사시키고 가족석에 동참하는 배려를 잊지 않았다. 또한 이참에 부인의 헬렌에 대한 콤플렉스도 다소 완화시킬 기회라 생각하였다. 하지만 부인의 심정은 화가 머리끝까지 치밀어 올랐지만 차마 어쩔 수가 없어 참아야만 했다. 부인은 표정을 가다듬어 미소를 지으며 헬렌에게 반갑다는 인사를 하고 자기의 옆자리에 앉혔다.

식장은 경내에 넓게 자리 잡은 열린뜰로 강대상과 마이크를 준비했고 신랑 신부가 통과하는 입장문을 꽃다발로 아취형식으로 만들었다. 이만하면 야외식장 치고는 그런대로 어울리는 분위기였다. 정오 가까이 되자 사이드카가 에스코트하는 사돈나라 수상들이 도착하기 시작했다. 자연도 분위기를 눈치챘는지 청와대는 바람소리조차 잔잔했다.

드디어 시간이 되어 사회자가 오늘의 주례 선생님은 한반도 대통령이 맡기로 했다. 주례의 성혼선언문이 선언되고 존 바이슨 미국 대통령이 축사가 있었다. 이어서 일본 기시다 후미 수상과 중국 시진표 주석의 축사가 있었다.

마지막으로 주정진 국회의장이 답사를 하였다.

"존경하는 미국 바이슨 대통령님, 일본 가시다 후미 총리님, 중국 시진표 국가 주석님, 오늘 신랑 신부 두 사람의 새 출발을 축하해주시고자 먼 걸음 마다하고 이 자리를 빛내주심에 심심한 감사의 말씀을 올립니다. 아울러 오늘 새 출발하는 신랑, 신부 네 커플에게 하나님의 무한한 축복과 사랑을 듬뿍 내려주시길 기도합니다. 성경 민수기(6.23~25)에 "주님께서 그대에게 복을 내리시고 그대를 지켜주시리라. 주님께서 당신 얼굴을 비추시고 그대에게 은혜를 베푸시리라. 주님께서는 당신얼굴을 들어 보이시고 그대에게 평화를 베푸시리라. 오늘 여기 오신 세 나라 G—3 미 · 일 · 중 3국 대통령, 수상, 주석님들께 감사의 예를 표하면서 부탁 말씀 드리고자 합니다. 우리는 이제 사돈지간이 되었습니다. 서로를 위하는 길이 우리의 자녀를 위한 길이기 때문입니다. 우리는 이제 적대관계가 아닌 협력과 상생의 관계로 세계 평화를 이루는 모범을 보여야 한다고 생각합니다. 미래는 과학의 무한도전과 개발로 이뤄져야 하며 또한 그렇게 되리라 생각합니다. 특히 지금의 우리가 직면하고 있는 코로나 박멸에 세계가 합심하여 하루속히 퇴치하여야 합니다. 코로나19 같은 바이러스는 인간에게는 치명적인 바이러스이자 우리가 항체 백신을 개발했다 해도 금방 변이를 잘하기 때문이지요. 이번에 번지고 있는 Covid19도 일부는 벌써 변형이 시작되고 있는 중이기에 앞으로가 더 위험합니다. 만약에 본격적인 변이가 일어나기라도 한다면 우리 의학기술이 따라잡을 수가 없습니다. 특히 인구가 많고 의료기술이 취약한 나라에서 변이종이 발생한다면 인간이 감당할 수가 없습니다. 그 결과는 여러분이 아시다시피 지구상의 인구는 코로나바이러스에 의해 초토화 돼 우리가 지구를 버리고 화성으로 탈출해야 할 날이 올 수도 있지요. 명심해야 할 오늘의 과제입니다. 영국 우주과학자 호킹 박사의 예언과 같이 지구의 시대는 이제 끝나가고 있습니다. 새로운 우주시대를 알린 머스크의 '스페이스 X'가 이 시대를 끌어가는 선두 역할을 할 것입니다. 이젠 지구에서의 냉전은 접고 새로운 우주에서 삶의 터전을 마련해야 할 것입니다. 감사합니다."

한편 스피커에서는 경음악 요한스트라우스의 '아름답고 푸른 도나우(The blue danube)' 선율이 경쾌하게 흘러나오고 있었다. 결혼식은 조출하면서도 품위 있게 진행되고 있었다. 시간은 벌써 1시를 넘기고 있었다. 식사는 함박스테이크에 와인을 준비했다.

주정진 의장은 각국 사돈 대통령과 수상 그리고 주석 사돈에게 잔을 채우고 건배사를 제의한다.

"세계 평화를 위하여!"

사회자가 힘차게 연호한다.

"다 같이 잔을 높이 드시고 바이슨 대통령께서 선창하시면 따라서 힘껏 외칩시다. 구호는 현재 이 장면을 한국의 전 국민과 세계인류가 보고 있습니다. 오늘만큼은 송구하오나 한국어로 해주시길 양해 부탁드립니다. 또한 질병도, 전쟁도 없었던 하나님이 만들어 주신 원초의 평화의 마을로 U-turn을 기대하면서 다음과 같이 큰소리로 외치겠습니다.

"세계 평화를 위하여!"

"에덴동산으로 U-turn을 위하여!"

힘찬 구호는 청와대 경내를 벗어나 북한산 정상에 메아리치고 한강줄기 따라 서해를 거쳐 태평양, 대서양, 인도양을 거쳐 세계일주하고 U-turn하여 다시 용산 대통령실 경내로 돌아오고 있었다. 청명한 가을 하늘에는 흰 구름 한 점 하늘로 유유히 U-turn하고 있었다.

5
Again U-turn

Again U-turn 5

윤이상 국제콩쿠르에서 만난 그녀 '우리의 사랑 물수제비처럼'

한 해가 저물어 갈 무렵. 한국의 나폴리로 불리는 남도의 예향 경남 통영에서 윤이상 탄생 100주년 기념국제음악콩쿠르가 윤이상 기념관에서 열리고 있었다. 윤이상 국제음악콩쿠르는 세계적인 작곡가 윤이상(1917~1995)을 기리고 재능 있는 젊은 음악인을 발굴 육성하기 위해 2017년에 시작되었다. 세계적으로 권위 있는 수준급 음악회로 손꼽히고 있다.

국제음악콩쿠르 세계연맹(WFIMC)

국내 콩쿠르 가운데 국제음악 콩쿠르 대회에 가장 먼저 가입한 콩쿠르로 피아노, 바이올린이 매년 번갈아 열리며 개최된다. 지난달 29일부터 열린 이번 대회에는 총 27개국에서 146명이 참가하였으며 워낙 인기 있는 국제음악회인지라 관중석은 초만원으로 발 디딜 틈이 없었다.

이어서 19살 신예 첼리스트 김지민이 윤이상 국제 콩쿠르 대회에서 우승하여 관중석에서는 박수소리가 하늘을 뚫을 듯 치솟았다. 주정진도 감격하여 옆에 있는 대학 동기친구와 같이 벌떡 일어나 축하의 박수를 보냈다. 장내가 조용해지자 이반 모니게티 심사위원장은 말했다.

“지난 1주일간 통영이 세계 첼로계의 중심였고, 인터넷으로 중계된 경연실황을 전 세계에서 시청했으며 모든 첼리스트와 음악 애호가들이 이번 콩쿠르에서 하나가 되었다. 특히 이번 대회는 세계적인 신예 첼리스트를 발굴했다는 데 더 큰 의미가 있다고 생각합니다. 이것은 대한민국에 또 하나의 세계적인 음악가를 탄생시키는 계기가 될것입니다.”

“다음은 시상식이 있겠습니다.”

사회자의 힘찬 목소리에 술렁이던 관중석은 조용해졌다.

“오늘의 장원 대상을 발표하겠습니다.”

“첼리스트이자 천재소년 ‘김지민’이 오늘의 대상의 주인공이 되었습니다.”

“오늘 이 자리에 보호자가 오셨으면 같이 나와 주시기 바랍니다.”

잠시 후 부모 되는 듯한 중년의 중후한 옷차림의 여인이 단상으로 올라왔다. 순간 정진은 가슴이 탁 막히며 호흡이 멈춰지는 것 같았다. 아니, 많이 낯익은 얼굴이 아닌가?

정진은 잠시 자기 눈을 의심하여 여러 번 눈을 깜박였다. 죽은 줄로 알고 있던 사람이 ‘경화’ 살아서, 그것도 지금 눈앞에서 빤히 보이는 곳에 살아 움직인다는 사실이 꿈만 같아 가슴이 두근거렸다. 한때 정열을 태웠던, 보고 싶고, 그리웠던 바로 그 여인, ‘경화? 하나님 감사합니다’ 잠시 고개 숙여 기도를 올렸다. 장내는 우레 같은 박수소리가 통영 밤 하늘을 뚫고 메아리쳤다. 정진과 친구 광수도 열열한 박수를 보냈다. 정진은 시상자와 그 보호자가 단상에서 내려 올 때 있는 힘을 다하여 혼자서 박수를 치고 있었다.

정진은 주인공 학생 어머니 곁으로 갔다. 잠시 머뭇거리다 말문을 열었다.

“축하합니다. 참, 반갑습니다.”

그녀도 엷은 눈웃음으로 반신반의로 답례를 하고 있었다. 놀라운 듯이 말한다.

"아니! 어떻게……?"

그제서야 확신의 답례가 터져 나왔다. 그녀는 눈물이 글썽글썽하여 어찌할 줄 몰라 했다. 옆에 있던 친구 광수는 영문을 모르고 의아하게 쳐다만 보고 있다가 먼저 슬며시 빠져버렸다.

잠시 마음을 가다듬고 정진은 옆에 있는 오픈 카페에 자리를 만들었다.

"날씨도 쌀쌀한데 와인 한 잔 하시지요."

다시 침묵이 흐르고 있었다. 그간 루머가 이상하게 나서 나도 반신반의하며 궁금하던 차에 오늘 참 반갑습니다.

한참을 호흡을 가다듬고 경화는 말문을 열었다.

"정진 씨가 떠나간 그 후로 말할 수 없는 고민을 하다가, 정말 세상을 포기하려고 했으나 얄궂게도 뜻을 굽히고 대학친구와 바로 결혼을 하였지요. 그러나 모든 게 실타래 엉키듯 엉망으로 엉켜 도저히 풀을 방법이 없어 사흘만에 헤어졌고 그리고 이혼하게 됐지요. 언니가 살고 있는 이곳 통영에 내려와 살게 됐어요. 그리고 이곳에서 또 재혼을 했다고 소문이 났는데요. 사실은 사촌 오빠가 있는데 올케가 몸이 불편할 때 집에 가서 가사를 일을 도와 준 일이 루머가 이상하게 퍼졌나 봐요. 오늘 대상을 받은 학생이 제 아들입니다."

"아! 그랬었군요."

"소문이 이상하게 났나 봐요."

"어느 날 약국 문을 좀 일찍 닫고 바람 좀 쏘일까 하고 달아항에서 요트를 탔지요. 시원한 바닷바람이 좋아 창밖 난간에 기대서 저녁놀을 감상하고 있었지요. 그런데 갈매기 한 마리가 계속 따라왔어요. 물론 먹이도 안 주는데도요? 그래서 새우깡을 한 개 주니까 제 깐에는 기분이 좋았던지 바짝 다가와 내 머리에 앉아 버리는 순간 내가 놀래서 그만 난간 밖으로 빠져 버렸지요. 소리소리 질러봤지만 배는 저 멀리 가버렸고 수영도 못하지, 순간 죽었구나 하고 허우적거리고 있는데 눈앞에 플라스틱 물통이 파도에 밀려 나에게로 오는거예요? 그래서 꽉 잡고 '놓치면 죽는다' 결심하고 있는 힘을 다하여 두 손으로 손가락 깍지를 틀어 가슴에 붙들어 맸지요. 그 후로 정신을 잃고 말았지요."

"정신이 들어 눈을 떴더니 낯선 집 안방에 이불 덮고 있는 게 아니겠어요? 그때서야 정신이 났지만 기운이 없어 도저히 일어날 수가 없었어요. 나중에 알았지만 이 집 할아버지는 배낚시로 생활하시는 분이라서 마침 이상한 물체가 보이길래 가까이 와 봤더니, 거의 다 죽어가고 있었드래요. 그래서 서툴지만 전에 배운 심폐소생술을 하니 복부에서 물을 토해내면서 눈을 뜨더래요? 해서 겨우 살아났지요. 이곳 할아버지가 생명의 은인입니다. 할아버지는 나를 살리려고 매일 전복을 따와 죽을 쑤어 줬지요. 그 바람에 빨리 회복하여 보름 후 집으로 가게 되었지요. 그 사이에 매스컴에서 실종으로 처리하면서 자살했다고 결론 냈나 봐요. 앞으로 창피해서 약국도 못 할 것 같았지요."

"에이, 그런 건 아무것도 아니지요. 창피할 거 하나도 없습니다. 오히려 무용담으로 동네 사람들에 들려주면 좋을 것 같아요."

"세상은 평온과 행복만이 있는 건 아닌가 봐요. 슬픔을 당한 사람은 왜? 나만 고통을 받아야 하느냐고 원망하지만 누구에게나 부침이 다를뿐 제 각 각 나름대로의 번민은 있나 봐요. 그래서 세상은 불공평이 공평으로 이어지고 평준화로 이어지는 것 같아요. 마치 헤겔의 정, 반, 합의 원리와 같은 것이겠지요. 우리가 흔히 인용하는 '호사다마' 같은 것도 결국 인생의 삶 속에서 녹아있는 평범한 진리 같아요. 나를 살려준 할아버지도 지금은 평화 속에 행복하게 살고 있지만 말 못할 쓰린 과거가 있더라구요. 고향(통영)에서 농업과 어업으로 살고 있었어요. 그런데 서울 사는 아들이 큰 회사에 취직해서 돈을 잘 벌으니 오셔서 그냥 편하게 살으시라고 하는 바람에 시골 재산 다 정리하여 전부 팔아봐야 서울 아파트 한 채도 안 되지만 올라 갔어요. 헌데 석 달도 못 살고 다시 시골 통영으로 내려왔어요. 이유는 지하철은 '지옥철'이고 버스는 '콩나물시루'고 '공기가 나빠' 밤새 기침이나서 잠도 못자고 앉아서 텔레비전을 보니 소화도 않되고 밥맛도 잃고, 그래서 속담이 생각나더래요."

'고기도 저 놀던 물이 좋더라.'

가진 돈 아들한테 다 뺏기고 겨우 이곳 허름한 땅에 오두막집 하나 장만해서 두 늙은이 겨우 발만 뻗고 살게 해 줬다네요. 생활비를 안주어 바다낚시로 겨우 입에 풀칠한다고 탄식을 하더라구요. 할아버지 얘기 속에 기막힌 얘기가 있어요.

"자식이 아니면 웬수여?"

"자식이 원수로 변하면 않되겠지요."

밤공기가 차가운데도 둘은 바닷가 모래사장 위를 걷고 있었다. 옛날 한탄강변 모래사장 위를 걸을 때를 회상하면서 추억을 되살려 봤지만 지금은 상황이 전연 다른 분위기에 말없이 묵묵히 걷고 있었다.

"그런데 정진 씨는 이곳에 어떤일이세요?"

"아, 대학 동창 친구가 설악산에 리조트를 짓는데 이곳에 있는 'E.S' 리조트를 참고하고 싶다고 하여 왔어요. 마침 '가던 날이 장날'이라고 인터넷에 뜬 음악회 선전을 보고 가게 된 거지요."

"또한 경화 씨 생각에 옛 추억도 생각나서 답답한 가슴 바람도 쏘일 겸 해서 왔는데, 이렇게 살아있는 경화 씨도 만나고 의외의 일에 정말 놀랬습니다. 그러고 보면 사회에 돌아다니는 '루머는 루머일 뿐이지요' 확인되지 않은 루머는 믿어서는 안되어요?"

"아, 그러셨어요. 제 생각을 하셨다니 기분은 좋네요."

밤공기는 찼지만 상큼하니 답답했던 가슴도 뚫리는 기분이었으며 맑은 하늘에는 별들이 총총 데이트를 즐기고 있었다. 정진은 너무 경색된 분위기를 바꾸려고 옛날 둘이서 자주 읊었던 윤동주의 시 한 수를 읊었다

죽는 날까지 하늘을 우러러
한 점 부끄럼이 없기를

잎새에 이는 바람에도
나는 괴로워했다

별을 노래하는 맘으로

모든 죽어가는 것을 사랑해야지

그리고 나한테 주어진 길을
걸어가야겠다

오늘 밤에도 별이 바람에 스치운다
— 윤동주의 「서시」 전문

베이스 바리톤과 알토의 고운 목소리, 살랑이는 소리가 달빛 그물망을 타고 멀리 멀리 퍼져나갔다. 아름다운 음의 하모니가 밤의 적막을 깨고 있었다. 육체를 벗어난 그들의 영혼의 노래는 이미 하나로 결집되고 있었다. 답답한 가슴이 후련하게 풀리는 것 같았다.

"이 시는 우리 국민들 누구나 다 같이 좋아하는 시이지요. 경화 씨도 윤동주 시 좋아하듯이 말입니다. 「하늘과 바람과 별과 시」 중에서도 가장 많이 낭송되고 있는 유명한 시로 알려졌지요."

한참을 걷자 포장마차 집이 우리를 기다리고 있었다.

"날씨도 쌀쌀한데 쉬었다 갑시다. 와! 저 문어와 전복 좀 봐요."

서로가 밀당하는 모습이 그들만의 옛 추억을 상기시키고 있었다. 그들은 서로 쳐다보며 야릇한 미소가 오갔다.

와인에 전복찜으로 알싸하게 몇 잔을 하니 추위도 가시고 기분 전환도 되었다.

"참 아까 첼로 대상을 탄 아들 대단합디다. 지금 어디에서 공부하고 있나요?"

"예, 미국 맨해튼에 있는 '줄리어드 스쿨'에서 공부하고 있어요. 지민이를 임신했을때 태몽 꿈을 꿨지요. 바로 정진 씨를 안고 자는 꿈을 꿨어요. 그래서 정진 씨를 닮아 머리가 좋은가 봐요!"

정진은 순간 머릿속을 스치고 지나가는 한 줄기의 빛을 느낄 수 있었다.

"아 그래요!"

그녀는 더 이상 얘기는 하지 않았다. 그러나 '태몽꿈'을 강조하는 경화의 표정을 봤을 때 무엇인가를 암시가 깊이 각인되고 있었다.

"할 말이 태산 같았으나 막상 만나고보니 하얀 백지가 앞을 가리네요."

"정진 씨의 소식은 신문지상이나 매스컴을 타서 잘 듣고 있었지요. 하지만 다 지난 일 지금에 와서 어떻게 하겠어요?! 모두가 자업자득이지요."

"그런데 이곳엔 무슨 일로 오셨나요?"

"예, 친구를 따라 바람 쏘일 겸 왔어요. 친구가 설악산에 리조트를 운영할 계획이라면서 리조트업계에서 호평이 나 있는 'E.S' 리조트 구경 좀 시켜 달라고 하기에, 전국 E.S 중에서도 이곳 통영이 제일 좋기에 이곳을 택했는데요, 이렇게 경화씨를 만날 거라고는 상상도 못하였어요. 하지만 의외의 기쁜 소식을 안고 가게 돼서 가슴 뿌듯하네요. 정말 이렇게 다시 만날 수 있다는 것은 기적입니다."

"이곳 E.S리조트가 위치가 절경이지요. 유람선을 타고 육지를 벗어나 바다로 진입하여 미륵도 쪽을 보면 경치가 마치 유럽풍의 E.S리조트가 한 폭의 수채화로 절경이지요. 누구나 한번쯤 가보고 싶어 하는 동화속 같은 이미지가 풍기지요."

"저도 이곳에 산지가 여러 해 되었지만 실제 가보지는 못했어요."

"아 그래요! 필요하면 어제든지 말하세요. 제가 멤버십 카드를 가지고 있지요. E.S리조트는 전국적으로 명소에는 다 있지요. 설악, 해운대, 대천, 제주, 제천, 용인 그리고 해외엔 히말라야중앙부의 남쪽 반을 차지하고 있는 네팔, 블라디보스톡에 있는 여행 좋아하는 가족에겐 꼭 필요한 리조트이지요."

"하지만 지금은 가고 싶지도 않고 아무런 의미도 없지요."

밤이 깊어 시간은 자정을 넘기고 있었다.

"삶이란 참 묘하지요. 뉘앙스이고, 오페라 같은 연극을 연기하고 있는 느낌이 들 때가 많아요. 우리들의 인생살이가 다 그렇잖아요. 정진 씨와 저와의 삶도 말예요. 그렇다고 보면 우리는 연기를 잘한 명배우가 아닐까요! 지금은 이렇게 웃으며 얘기하지만 그 당시는 정말 앞이 캄캄했지요. 사실은 우리가 헤어지고 나서 많은 고민과 정신적 공황장애로 여러 해 동안 헤맸지요. 그러다 성당에 나가 믿음으로 마음의 평정을 찾았지요."

"미안해요. 경화 씨, 정말 미안해요. 다 내 잘못이지요. 그 당시는 철부지의 자존심이 뭐 그리 중요하다고……?"

"날씨도 싸늘하니 감기 조심해야지요. 오늘은 이만 들어가 쉬시고 내일은 아드님 지민 군 만나 축하도 해 주고, 점심식사를 같이 하고 싶습니다. 지민과 상의해서 장소를 문자로 넣어 주세요. 꼭 입니다."

E.S리조트에 돌아온 정진은 잠자리에 들었으나 잠이 들지를 않았다. 한참을 뒤척이다 와인을 비우고 또 비우면서 곰곰이 생각해 봤다. 태몽 꿈? 그 의미가 과연 무엇을 의미하는지, 왜? 또 하필 나를 닮았을까? 풀지 못할 수수께끼에 잠을 이룰

수 없었다.

결혼하고 즉시 헤어졌다고 강조하는 의미는 또 무엇일까? 신혼여행길부터 의견충돌 있었듯이 내뱉는 뉘앙스적인 언어의 교집합에서 해답이 있을 법도 했다. 우리가 헤어지자마자 바로 결혼했다는 것도, 아들 나이가 열아홉이란 것도, 여러 조건이 뇌 속을 어지럽혔다. 비몽사몽 뒤척이다 상큼한 아침 공기가 코끝을 간질이는 바람에 눈을 떴다.

아침 햇살이 잔잔한 바다 위에 이슬을 뿌리며 윙크를 하고 있었다. 광수 친구는 벌써 해변가 아침 산책을 마치고 막 들어오면서 말한다.

"오늘 날씨 참 좋네. Lucky Day!"

그는 무늬가 있는 돌을 주어와 말한다.

"친구야, 이 돌 좀 봐! 여기 묘한 그림이 있어?"

자세히 보니 그 속에는 새 한 마리가 날개를 편 채 막 비상하려는 포즈를 취하고 있었다.

"묘하게 생겼네, 여기에 시가 들어 있어, 이 돌 내가 사면 안 될까요?"

그는 늦잠에서 깨어 눈을 비벼대며 돋보기를 대고 이모저모 살펴보고 하는 말이었다.

"그래 가져."

"고마워! 대신 오늘 저녁은 내가 술 한 잔 살게.쏠게. 좋지, 좋아".

정진이 핸드폰을 열었다. 이미 경화로부터 문자가 와 있다.

"오늘 12:30 서호시장내 부부식당에서 뵈어요!"

E.S리조트에서 서호시장까지는 거리가 꽤 멀었다. 콜택시를 불렀다. 기사는 친절하면서도 통영 터줏대감으로서 주인의식이 강했고 자존심이 강한 80대 노인의 패기에 우리 국민들의 저력을 다시 한번 확인할 수 있어 가슴 뿌듯했다. 역시 내 고장을 사랑하는 자존에서 애국심도 나오는 것이리라.

이곳은 원래 통영 앞바다에 있는 미륵도라는 섬이었으나 통영시로 편입되어 관광특구로 개발되어 관광명소로 소문나 주말이면 교통체증으로 몸살을 앓고 있다고 한다. 이곳 미륵도에는 E.S리조트를 비롯해 다도해를 바라볼 수 있는 케이블카도 있어 전망대에 올라가면 남해안이 역시 다도해라는 수십개의 섬을 관망할 수 있다고 한다.

"특히 우리가 역사에서 배웠지만 통영이라고 하면 이순신 장군을 빼놓을 수 없지요. 임진왜란 당시 일본수군을 한산도로 유인하여 학익진병법으로 적선 100여 척을 파괴시킨 일은 한국사뿐만 아니라 세계사에서도 유명한 해전으로서 세계 4대 해전에도 들어가는 유명한 해전입니다. 한산도 대첩은 행주대첩, 진주대첩과 함께 임진왜란 3대 대첩으로 불리며 또한 을지문덕의 살수대첩, 강감찬의 귀주대첩과 함께 한국사 3대 대첩이라 불린다고 합니다. 그런데 선생님은 이곳이 처음이신가요?"

"아닙니다. 몇 번 왔었습니다. 노장께서는 애국자이십니다. 역사를 훤히 꿰뚫어 보시고 해박하십니다."

정진은 이런 국민이 애국자란 것을 다시 실감하며 내심 머릿속에 메모해 두었다.

한편 경화는 정진 씨가 아빠의 친구라고 지민군 한테 소개는 했지만 혹시나 대화에서 실수를 할까봐 불안하였다. 무엇보다도 정진에게 부담을 주는 것 같기도 하고 내 잘못을 이제와서 정진에게 떠넘기는 것은 자존이 허락하들 않했다. 뿐만 아니라 내 인생도 허물어지는 것 같아 자신이 없었다.

'덮어두자. 세월 속에 묻혀버리겠지!'

예약 시간 10분 전 도착한 정진은 식사 후 경화와 데이트할 장소를 택시 기사의 설명에서 힌트를 얻어 내심 기사가 고마웠다.

"벌써 오셨네요?"

뒤에 같이 오는 건장한 청년, 어제 보기는 했지만 오늘은 더

늠름하니 키도 훤칠하고 미남였다.

"인사들여라. 어제 얘기했던 주정진 회장님이셔."

"예, 김지민이라고 합니다. 잘 부탁드립니다."

"반가워요. 주정진입니다."

"말씀 놓으세요. 엄마한테 말씀 많이 들었습니다. 앞으로 선생님으로 모시겠습니다."

"어제 첼로 연주는 아주 환상적이었어요. 대상도 타고, 다시 축하해요. 제2의 윤이상 음악가로 기대가 큰 만큼 더욱 열심히 해서 한국을 세계에 빛내야지요."

"감사합니다. 선생님은 우리나라의 지도자로서 바쁘실터인데도 저한테 시간을 내주시어 감사합니다. 정치가로서, 사업가로서, 학자로서 성공하신 훌륭한 분이십니다. 존경합니다. 어머니께서 항시 선생님 말씀 많이 하셨지요. 앞으로 자식같이 살펴주십시오."

"아, 그래요. 우린 이제 남남이 아닙니다……?"

정진은 마음속으로 아차, 내가 너무 나갔나 싶어 은근히 걱정이 됐다. 이어서 통영에서 유명한 통영 김밥에 우럭 매운탕이 나왔다.

"자, 식기 전에 드십시다. 와, 국물이 시원하니 맛있습니다."

"맛있다고 하시니 다행입니다. 무엇을 좋아하실지 몰라서 전에 중국 음식 좋아? …… (경화는 아차, 말을 거두고) 그래도 통영에 오셨으니 이곳 토종음식 김밥에 해물탕을 생각했는데 어떤지 모르겠습니다."

"예, 아주 맛있습니다."

"지민 군 많이 먹어요. 낯선 이국땅에서 생활하다보면 고국이 그립지요. 특히 엄마가 차려주던 밥상이 그리워져요. 나도 미국생활 10여 년 넘게 하면서 고국이 많이 그리웠고 특히 자취생활에 엄마 밥상이 생각날 때가 많았지요. 열심히 해서 대한의 자랑스런, 아니 세계적인 첼리스트가 되기 바래요. 그리고 어려울 때는 나한테 전화해요. 내가 미국에 자주 가기도 하지만 시카고에 우리 미국 본사가 있으니 직원이 살펴주도록 조치해 놨으니 염려 말고 학업에 열중하세요."

"감사합니다. 그럼 다음에 뵙겠습니다."

가슴은 여전히 풀리지 않는 의문으로 어제의 시간에 멈춰있다. 하지만 과거는 돌이킬 수 없는 시공이라 하더라도 양심의 책무는 두고두고 그림자로 괴롭히겠지.

'묻어두자! 그대로?'

지민이를 집으로 보낸 후 둘이는 미륵도 관광특구에 케이블카에 올랐다. 날씨가 초겨울인데도 참 코발트 빛이다.

"통영 남해안 바다는 정말 멋진 빛깔로 물들어 관광객들에 더욱 인기 만점인가 봅니다. 경화 씨 저 앞에 보이는 섬 저 섬이 한산도네요. 한산도 하면 이순신 장군을 빼 놀 수 없지요.

"한산대첩에서 이순신 장군은 거북선으로 일본의 수군을 학익진으로 펼쳐 47척을 침몰시키고 12척을 나포하여 적을 물리치는 전과를 올린 유명한 전투이지요. 세계 4대 해전에 들어간다고 합니다. 실은 나도 잘 몰랐는데요, 택시 기사가 설명해서 알았지요."

"에잇, 어깨를 툭 치며 또 자신의 실력인줄 알고 역시나 정진 씨 구나 했지요. 점수 줬거든요. 취소해요?"

정진은 머리를 긁적이며 말했다.

"경화 씨. 저기 섬 두 개가 붙을락 말락 나란히 붙어있는 섬 보이지요."

"아, 저 섬요."

"맞아요, 바로 제가 살아난 섬이지요. 어제 말했던 만지도예요. 그곳에 할아버지가 저를 살렸지요."

"아, 은혜의 섬이네요."

"경화 씨는 저 섬이 어머니 같은 섬이네요. 새 생명을 줬으니 말이요! 1년에 한 번씩은 그 영감님 찾아뵈어야 하겠습니다."

"맞아요, 그렇게 하고 있어요"

어느새 하루가 서녘에서 노을을 뿌리며 숨 가쁘게 지고 있었다.

"경화 씨 노루꼬리를 봤어요?"

"웬, 갑자기 노루 꼬리는요?".

"어떤 시인이 하루를 노루꼬리에 비유를 했답니다. 오늘 우리의 하루가 그렇게 짧았네요."

"정진 씨 덕분에 오늘 즐거운 하루였어요."

"나두요. 오늘 저녁은 친구하고 저녁식사를 하기로 했어요."

"예, 정진 씨는 항시 봄바람 같은 바람둥이지요. 실컷 불만 질러놓고 사라지는 봄바람처럼 말이예요! 호호호—."

"내가요?"

"아, 경화 씨 한 가지 물어봐요? 아들 지민 군이 왼손잡이인가요?"

"……? 네, 네 마, 맞아요?"

"그리고 왼쪽 귀 밑에 점박이도 원래 타고 났나요?"

"……? 그런데요. 왜 그러시지요……?"

"아, 아니어요. 그냥 물어봤어요? 그, 그럼 다음에 만나요."

"그럼, 오늘은 이만 소인 물러갑니다."

돌아오는 길에 바람을 스치며 인연과 유전에 대하여 생각해 봤다. 정진의 약학상식과 의학상식을 다 동원하여 분석해보았다.

'나도 왼손잡이, 경아 씨 아들 지민 군도 왼손잡이, 왼쪽 볼 아래 점박이도 나나 지민 군이 닮아있었다. 어디 그뿐인가? 쭉 빠진 턱이며 눈, 손가락 등이 닮아 있었다, 혹시……? 혹시……?'

문득 군대 시절 한탄강가를 거닐며 경아 씨와 종종 읊조리던 시 「우리의 사랑 물수제비처럼」이 생각이 난다. 나는 평소 힘 잘 쓰는 왼손잡이로 몽돌을 들고 한탄강가를 향하여 힘껏 물수제비를 날리곤 했다. 그러면 경아 씨는 잘했다며 박수를 쳐 주었다.

"야이잇—휘이익—!"

"출렁 출렁 출렁—!"

"허허허—하하하—!"

"역시 정진 씨 왼손 힘이 저 한탄강가 물수제비 20여 개가 떠 날으네요! 호호호—히히히—!"

단발머리 그녀와 함께
강가를 걸었다

비가 오고 눈이 와도

우리의 인연을 이어지리라

행여 멀어진다해도
우리 닮은 후예가 이어주리라

아암
아암 그래야지

오늘도 우리는 손가락 걸며
언약을 했다

우리 영원히 잊지 말아야지
우리의 사랑이

저 날으는 물수제비처럼
날렵하게 세상을 향하여 날아갈지어다

야이잇—휘이익—
출렁 출렁 출렁—

허허허—하하하—

호호호—히히히—

— 주정진 시 「우리의 사랑 물수제비처럼」 전문

6
Again U-turn

Again U-turn 6

바람 잘날 없는 나무

통영에서 돌아온 정진은 밤새 깊은 고민에 빠졌다. 오래 전 경화와의 일을 생각했다. 타오르던 젊은 청춘 남녀의 관계에서 빚어진 얼룩진 흔적을 돌이켜 생각한다는 것 자체가 거부감이 들었지만 내 피붙이(?)로 태어난 또 하나의 생명 자체는 무엇보다도 성스러운 하나님의 값진 선물이 아니겠는가!

그래도 유전자 검사로 친자 확인을 해야 했다. 사안이 중요한 만큼 다른 사람을 시킬 수가 없어 직접 챙겨야 했다. 국립과학수사연구소에는 대학 동기 친구이자 평소에도 가끔 술 한 잔씩 나눌 수 있는 맘이 맞는 친구였기에 학창시절에도 누구보다도 가깝게 지내며 속내도 다 털어 놓을 수 있는 친구였기에 부담 없이 찾아갈 수 있었다.

"아니, 이게 누구야! 대한민국에서 제일 바쁜 사람이 여긴 웬 일이야."

"왜, 내가 못 올 데라도 왔단 말인가!"

"에이, 이 사람아. 그런 건 아니구! 친구 좋다는 게 뭔가!"

"오늘 시간 어떤가? 오늘은 내가 한 턱 쏘겠네."

"뭐 좋은 일 생겼나?"

"이거, 머리카락인데 검사 좀 해봐! 긴가? 민가? 해서 말이야?"

"야, 이거 월척감 아냐?"

"야! 골치 아프다. 마무리하고 나와."

"오늘, 내 일진에 주(酒)신이 끼었는지, 아침부터 오는 전화 통화마다 술 이야기 이더니 자네가 주신으로 왔구먼, 하여간 출출하던 차에 오늘 술 맛 나겠구먼."

"어디로 갈까?"

"여긴 자네가 터줏대감이니 안내하게나."

"요즘 가을철엔 농어가 맛있다는 데!"

"그거, 좋지."

"근데, 뭔데 그래?"

"사실은 대학 졸업 후 군대생활시절 잠시 사귀었다 헤어진 'K'라는 여약사 있었잖아. 그 여약사를 며칠 전 우연히 음악회에서 만났어."

"아니 그 여약사 자살했다고 했잖아."

"그랬었지".

"도깨비에 홀린 기분이야!"

"가던 날이 장날이라고 너도 잘 아는 이광수 친구 있잖아. 그 친구가 설악산에 리조트를 짓겠다고 통영 E.S리조트 구경 가자고 해서 갔었는데 그때 마침, '윤이상 국제 음악 콩쿠루 대회'가 있었지"

"아, 그랬어! 너 원래 음악을 좋아 했잖아!"

"그래, 우리 땐 학교 수업 끝나면 종로에 '디쉐네'라고 음악 감상실이 있었잖아, 차 한 잔이면 무제한 음악을 들으며 데이트 장소로 많이 활용했었지! 너도 많이 갔었잖아?"

"그래, 그때 많이 신청했던 곡이 베토벤 교향곡 6번 '전원' 이나 베토벤 교향곡 3번 '영웅' 같은 경쾌하면서도 역동적인 오케스트라를 좋아했었지".

"1박 2일로 왔다가 시간 여유가 있어 마침 갓 잡아온 자연산 '민어회'로 한 잔하고 음악회에 갔었지."

"시상식에 오늘의 '장원'에 첼로를 연주한 '김○○'라고 부르며 엄마도 같이 나오는데, 얼굴이 많이 익숙한 여인인데, 순간 심장이 멈추더라고!"

"갑자기 왜?"

"바로 그 K 여약사가 뛰어나오는 거야!"

" 분명한데? 그래도 의심이 가서 현장에서 확인을 했지"

"그래, 맞아?. 그 여자야?"

"맞아."

"근데 말야, 그 장원한 학생이 그 여자의 '아들'이라고 하더라고."

"순간 머릿속에 번갯불이 스치는데. 그 학생 얼굴이 많이 본 얼굴 같았어."

"오늘 그 머리카락 샘플이 바로 그 학생거야?"

"뭐, 탐정 소설 같네."

"그런데 뭐 켕기는 거라도 있어? 그럼, 그 여자한테 직접 물어보지 않구!"

"맘은 그랬지만 그럴 수도 없고, 이제는 어쩔 수 없이 결과에 승복할 수 밖에 없지 뭐."

"DNA 검사나 정확히 잘 해줘."

"알았어, 내가 직접 챙길게."

비몽사몽 간밤을 지새우고 아침 운동을 나가려 하는데 집 앞 미루나무에서 짖어대는 까치 울음이 요란하다. 마침 아내 이보령이 아침 준비하다 말고 밖으로 나왔다.

"여보, 오늘 귀한 손님이라도 오실 모양이네요!"

"글쎄 말이야, 어젯밤 꿈은 나쁜 꿈은 아니었어! 백발스님이 나를 보더니 선생의 덕망이 후덕하게 보여 이 아이를 부탁하니 잘 보살피면 나중에 큰 인물이 될 것이네."

아내의 반응은 꿈조차도 거부감에 즉석에서 말했다.

"당신 또 문제가 생기는 거 아냐?"

"어허, 또, 이 사람이 꿈이야, 꿈."

설레이는 마음을 가다듬은 정진은 다음날 〈국립과학수사연구소〉를 찾았다.

결과는 99.99% 예상대로 '일치'로 나왔다

"뜻밖에 가족이 두 사람 더 늘었다!"

"기쁨 반, 우려 반이었다. 하지만 이것은 나의 숙명이고 자업자득이 아니겠는가!"

하나님이 주신 특별 보너스라고 생각하니 즐겁기 한이 없었다. 더군다나 천재 소년 김지민 군. 한국을 빛낼 미래의 재원이 아닌가! 상상만 해도 가슴 뿌듯한 축복의 순간이었다.

"거룩하고 전능하신 주 하나님 감사합니다. 앞으로 사랑과

봉사로 또 한 가족을 살피겠습니다. 아멘."

K.M.bio 회장인 주정진은 코로나로 긴박하게 돌아가는 국내외 정세에 '약육강식'이란 '금과옥조'를 상기하면서 회사의 명운을 걸고 하루속히 코로나 내복치료제를 개발해야 하였기에 더욱 초조했다.

한편, 회사 대표에 아들인 현석을 임명하고, 중앙연구소장은 헬렌 박사를, 크라운 박사는 상임고문으로 추대해 삼위일체로 회사 업무가 돌아가도록 조직을 편성하였다. 대표이사가 취임하는 첫날 전체 직원 300여 명이 ZOOM 영상으로 취임식을 하였다. 사회자의 카랑카랑한 목소리가 활기차다.

1. 주정진 회장 인사
2. 주현석 대표 취임사
3. 헬렌 중앙연구소장 인사
4. 고문 크라운 박사 인사
5. 각 부서의 간부급 인사

우선 회장님 인사말씀이 있습니다.

"사랑하는 K.M.bio 가족 여러분! 우리는 지난 반세기동안 피나는 노력으로 황무지를 개척하여 옥토로 만드는 작업을 한 치의 흔들림 없이 성공적으로 이룩하였습니다. 이것은 바로 여러분의 헌신적인 노력과 피와 땀으로 이룩한 값진 선물입니다. 이에 본인은 K.M bio 가족 여러분들께 감사와 존경을 보냅니다. 아울러 회사에서는 공로를 인정하는 표창을 할 것이며 그에 따른 직책도, 부상도 같이 나갈 것입니다. 아울러 명심해야 할 것은 '공격이 최상의 방어이며, 수성은 소멸의 시작이다' 라는 각오로 임해 주시길 부탁드립니다."

이어서 주현석 대표는 말했다.

"친애하는 K.M.bio 가족 여러분 반갑습니다. 우선 코로나19로 인하여 여러분을 직접 뵙고 인사를 드리지 못하고 영상으로 인사드리게 됨을 양해해 주시기 바랍니다. 우리 K.M.bio는 가족 여러분들의 노력과 땀으로 세계 일류 K.M.bio가 되었음에 다시 한 번 깊이 감사드립니다. 저는 K.M.bio 가족 여러분께서 회사와 가족을 위해서 땀 흘리는 현장을 목격하고 진심으로 감명 깊게 우리의 미래를 보았습니다."

취임식을 마치고 주정진 회장과 임원들은 다과회를 갖으며 현안에 대하여 기탄없는 대화를 나누었다.

주정진 회장은 임원들에게 이렇게 강변했다.

"지금 세계는 하루가 다르게 변하고 있습니다. 혹자는 흥하고 혹자는 흔적도 없이 사라지는 무한 경쟁 속에 와 있습니다. 세계는 지금 한국에 취해 있습니다. 지금 대한민국은 여러분의 피와 땀으로 선진국 대열에 올라 서 있습니다. 일제 식민시대와 6 · 25 전쟁의 폐허 속에서 '무에서 유'를 창조하였습니다. 인류 역사에 보기 드문 기적이 일어 난 현실입니다. 반세기 전만 하여도 세계에서 못사는 나라의 대열에서도 가장 꼴찌로 가난과 질병으로 헤매던 나라였습니다. 지금은 어떤가요?"

이때 미국에서 온 헬렌 박사가 중간에 말한다.

"우리 미국 뉴스매거진 《US 뉴스》는 '2023 세계 국가의 경쟁력에서 한국이 국력 랭킹(Power Rankings)' 6위를 기록했다고 보도했어요. 대한민국이 짚고 넘어가야할 사항은 과거 일본에 나라를 뺏기고 일본의 식민지였다가 2차 세계대전에서 일본이 연합국에 패하자 불법, 무력으로 점령당하였던 한국이 독립을 하게 되었지요. 그 이후에 꾸준히 경제 성장하여 지금은 세계 랭킹 6위 일본을 밀어내고 6위를 차지하였고 일본은 8위로 전락하고 말았어요. 이는 한국인들의 끈질긴 노력과 저력으로 이뤄낸 값진 선물이라고 생각합니다. 지금 대한민국은 세계경제의 중심에 우뚝 서 있으며 국어인 한글의 선호도는 영어, 스페인어, 불란서어, 독일어, 일본어, 이태리어에 이어 일 곱 번째로 한국어가 인기가 있어 각 나라 국립대학에서 한국어 교원을 보내달라고 외무부 소속 KOICA에 서류가 밀려오고 있다고 합니다. 또 최근에는 방탄소년단을 중심으로 한 K-pop 이 세계 곳곳에서 히트를 치고 있으며 문화 콘텐츠로 한국의 드라마가 세계의 안방극장을 차지하고 있고 UN에서도 우리를 선진국으로 분류하여 한글을 세계 공용어 UN총회장에서 사용하는 언어로 조만간 선택하게 될것입니다. 해외여행들 해 보셨지요? 가는 곳 마다 한국의 대표기업 삼성전자, LG전자, 현대자동차 등 한국기업 간판이 눈에 띌 때마다 자부심을 느껴보지 않았습니까?"

옆에서 듣고 있던 크라운 상임고문이 말한다. 크라운 박사는 노벨상을 탄 주정진 회장과 UCLA 대학원에서 연구개발 동반자로서 백신의 대가로 세계의학계에 잘 알려진 주자로서 이번에 주 회장이 영입한 해외파 학자이다.

"세계는 지금 카오스(Chaos. 혼돈)의 시대로 들어가고 있습니다. 세계 2차 대전 이후 상생의 관계에서 지금은 약육강식의 탐욕의 시대로, 강한 자만이 살아남을 수 있는 시대로 들어가고 있습니다. 유전학자 다윈의 '적자생존'이란 바로 환경에 적응할 수 있는 자 만이 즉 강한 자 만이 살 수 있는 오늘의 현실이지요. 러시아가 우크라이나를 침공하여 빼앗은 땅을 강제로 러시아에 편입시키고 우크라이나 주민을 강제 동원하여 전장에 투입하며 심지어는 러시아 군인들이 우크라이나 여자를 강간하고 살해하여 암매장하는 천인공노할 금수만도 못한 야만적인 행동을 하고 있다고 외신은 연일 보도하고 있지요."

주정진 회장이 만면에 미소를 띄우며 말한다.

"여러분 잘 알다시피 젤렌스키 우크라이나 대통령은 강력한 리더십으로 러시아군을 퇴치하고 일부 잃었던 땅도 수복하고 있으나 재래식 무기로 러시아 현대무기를 당할 수가 없어 고전하고 있다고 합니다. 여기서 우리가 눈여겨 볼것은 젤렌스키 대통령의 서방과의 영상 인터뷰에서 '러시아 무기를 대항할 수 있는 무기는 한국산 밖에 없다'고 한국에 무기를 요구한 사실입니다. 오늘 아침 신문기사 제목입니다. '한국이 원자력, 반도체, 조선, 2차 전지, 스마트 폰, 자동차에 이어 방산무기의 수출의 강자로 떠오르다.'"

주 회장은 이어서 말한다.

"앞으로 먹거리는 바이오산업 입니다. 그 대열에 바로 우리 K.M.bio.가 지향하고 나가는 분야 즉 인류의 건강과 질병을 퇴치하는 신약개발의 도전입니다. 대통령께선 3 · 1 절 기념 식장에서 미래 먹거리로 바이오산업 육성에 투자를 해야 한다고 했지요. 문제는 규제를 풀고 정부의 강력한 지원이 있어야 합니다. '지도자는 미래를 볼 줄 알아야한다'고 합니다. 1960년대 우리나라가 미래의 먹거리로 철강, 조선, 자동차, 전자, 반도체를 중심으로 하여 중화학공업 분야를 집중개발하여 오늘의 경제부국을 일으킨 것은 지도자의 혜안이 있었기에 가능했지요. 경제개발계획을 세우고 이때 산업의 역군으로 활약하여 오늘의 부를 창출한 잊을 수 없는 경제인들이 많았지요. 정주영 현대회장, 김우중 대우그룹 회장, 이병철 삼성그룹 회장, 박태준 포항제철 회장 등 여러분 있었지만 그 중에서도 철강의 대부 박태준 회장을 빼 놀 수 없지요. 그 당시의 한국의 저명인사들은 모두 강단에서의 선비이고 책 속의 선비, 말 속의 선비였다. 그러나 상기 회장들은 그야말로 맨발로 뛰었지요. 특히 박태준 회장은 지(智)와 의(義), 그리고 염(淸廉)과 애(愛)를 행동으로 실천한 현장의 선비였습니다. 또한 천하는 개인의 사사로운 소유물이 아니라 모든 이의 것 이지만 누가 먼저 개발하고 선점하느냐? 가 그 나라와 민족의 흥망성쇠가 달려있지요. 이 한마디는 청암 박태준 회장의 생애를 관통하는 또 다른 정신적 기둥였습니다. 뿐만 아니라 포항 공대를 설립하여 우수한 공학자를 배출하여 공업의 현대화에도 막대한 영향을 일으킨 한국산업의 선진화를 이끈 주역이었지요. 철강산업은 세계에서 일등 가는 조선 산업을 비롯하여 자동차산업, 방위산업, 건축업에 절대적으로 필요한 산업발전의 기본 자재였기에 더욱 더 중요 했지요. 일찍이 영국의 '처칠수상'은 '역사를 잃어버린 민족은 또 다른 수난으로 나라가 망 한다'고 그의 회고록에서 말한 바 있습니다."

주정진 회장의 열정적인 강변을 듣고 있던 주현석 대표가 차분하게 말한다.

"여러분! 우리는 이제 선진 국민으로서 세계의 중심에서 인류의 질병퇴치에 앞서가는 연구 개발로 질병으로부터 인류를 구하는 우리 'K.M.bio'가 되어야 합니다."

"짝짝짝—"

K.M.bio 주현석 대표는 연구실, 기획실과 생산부를 제외하고는 각 부처의 직제는 종전과 같이 유임시켰다. 중앙연구소장 헬렌 박사와 상임고문 크라운 박사는 외국인으로서 언어와 환경의 차이로 당분간 보좌해주는 비서진이 있어야 했기에 김연우를 기획실장으로 임명하여 헬렌 박사와 크라운 박사를 보좌하고 서로의 유대관계를 잘 이루도록 가교 역할을 잘하고

있었다.

또한 요즘 오미크론(코로나 변이종)의 확산과 자가진단키트의 수요가 폭발적으로 증가하여 24시간 풀가동하여도 공급이 부족한 상황이라 생산부 인원을 증원하였다.

신입사원에 박사연구원 55명과 석사연구원 30명을 보충하여 신약연구개발부를 활성화 활성화시키고, 코로나19 백신을 개발하는데 결정적인 기여를 한 '크라운' 박사를 신약 개발부의 고문으로 모셔왔다는 것은 K.M.bio의 큰 자랑거리이자 자부심이었다.

크라운 박사는 노벨상을 탄 주정진 회장과 UCLA 대학원에서 연구개발의 동반자로서 백신의 대가인 그는 말했다.

"신약개발에 전념하여 인류의 건강과 행복을 위해 소임을 다하는 과학자로 남고 싶어요. 우리는 한 가족이요 한 시대를 같이 가는 동반자입니다. 특히 이 시대의 최대과제인 코로나19 변형 오미크론과 파킨슨병 치료제 개발에 우리의 사운을 걸어야 합니다."

아침 신문(Korea News)에 따르면 오미크론이 스페인 독감 대유행(1819~1919) 이후 100여 년 만에 최악의 전염성을 나타내는 질병이 됐다는 것이 전문가들의 중론이다. 대략적인 내용은 이렇다.

K-월스트리트저널(K-WSJ)은 보건전문가들을 인용, 오미크론이 빠르게 퍼진 최근 5~6주일 동안 세계 각국에서 코로나19에 감염된 환자수가 최근 100여 년 동안 다른 질병(발생한 환자 수 기준)을 모두 앞지른 것으로 보인다고 했다.

최근 발생한 코로나19 확진자 중 상당수는 오미크론-XBB(오미크론의 또 다른 변종) 감염자라 한다.

그동안은 코로나19에서 오미크론으로 변종하였어도 1차 개발 백신으로 잘 들었지만 이젠 변종된 오미크론-XBB은 뉴화이자가 개발한 기존 제품 백신 가지고는 예방효과가 절반 이하로 떨어졌다.

통계 사이트인 '아워 월드 인 데이터'의 집계에 따르면 지난달에만 세계에서 1억 8천 명 이상이 코로나19 양성 판정을 받았다고 한다. 코로나19가 대 유행이 되기 시작한 그간 연간 확진자 수와 비슷한 규모라고 한다. 그러나 무증상감염자, 검사받지 않은 사람까지 고려하면 실제 감염자 수는 훨씬 많을 것이다.

100여 년 전 스페인독감 대 유행 시기에 세계인구의 1/3인 5억 명이 감염됐고 5,000만 명이 목숨을 잃었다고 한다. 멕시코 감염병전문가인 브렌다 크람트리는 '주변에 감염자가 하나도 없다는 것은 친구가 하나도 없다는 소리' 라고 했다.

K.M.bio 주현석 대표는 이러한 분위기를 참작하여 각 부서장은 별도의 지침을 세워서 코로나19 예방 수칙을 세우는 동시에 신약 개발부에서는 신속 정확하게 플랜을 세워 빠른 시일 내 샘풀을 내놓라고 했다. 본부에서는 다음과 같은 사훈을 시달하였다.

우리의 목표

1. 우리는 한 가족으로 서로 사랑하고 예의를 지킨다.
2. 우리는 신약을 개발하여 인류를 질병으로부터 구제한다.
3. 우리는 다국적 기업으로서 온 인류를 내 가족같이 사랑하고 세계 평화에 기여한다
4. 우리는 노벨상 수상한 창업자의 정신을 이어 받아 글로벌에 걸 맞는 신약 개발에 노력 경주한다.

숨 쉴 틈도 없이 번져가는 오미크론의 확산으로 세상이 혼란과 민심도 흉흉하니 전부들 손을 놓고 숨만 쉬고 있다. 비공식 집계에 의하면 전 세계적으로 번져가고 있는 오미크론 확

진자는 국내에서 하루에 4십만 명을 넘기고 세계적으로 1억 8천만 명 이상을 넘기고 있었다.

미국에서도 급속도로 번지면서 하루 100만 명씩 번져가고 이에 미국 바이슨 대통령이 직접 주정진 회장에게 전화를 걸어왔다.

"안녕하십니까? 주정진입니다."

"예. 반갑습니다. 사돈어른 안녕하셨어요?".

"우리는 코로나19 환자가 급증하여 국민 절반이 코로나19에 감염되어 있습니다. 한국은 어떻습니까?"

"우리도 국민 1/3이 감염돼있습니다."

서로 안부를 묻고 미국 사돈(바이슨)은 진단키트 150억 불어치를 주문해 왔다.

"예. 알겠습니다. 그리고 좋은 소식 전하겠습니다. 먹는 코로나 치료제 미국에 이어 우리도 개발했고요. 또한 파키슨병 치료제도 개발하였지요."

"아, 그래요. 잘됐군요. 축하합니다. 역시 대한민국은 대단한 인재들이 많습니다. 거듭 축하드립니다."

이에 주정진 회장은 사돈이 되는 미국 대통령 바이슨에게 고맙다는 인사를 했다.

"곧 벚꽃이 만개하는 시기가 됐으니 사부인과 함께 한국의 꽃구경도 하시고, 따님도 볼 겸 한번 놀러 오시지요."

하고 한국 방문초청을 하였다. 또한 며느리를 불러 말했다.

"아가야, 친정에 다녀오너라. 이제 곧 벚꽃이 만개할텐데 미국 가서 부모님 모시고 와 한국의 벚꽃 구경 좀 해드려라."

"예, 아버님, 고맙습니다. 다녀오겠습니다."

한편 중앙연구소장인 헬렌 박사는 아침마다 컨퍼런스를 열고 코로나19 치료제의 개발현황에 대해 보고받고 앞으로의 대책을 각 부서에 지시하고 문제점을 점검하면서 연구 개발에 박차를 가하고 있었다.

또한 파킨슨병 치료제도 임상 3상 끝나가니 곧 식약청에 제출 준비하도록 지시했다.

코로나 퇴치에 'K.M.bio가 앞장서야 함을 강조하여 연구진을 독려하였고 그리하여 밤마다 연구실에는 불이 꺼지는 날이 없었다.

한편 주 회장은 헬렌 박사의 연구실을 찾아 먹는 코로나신약 개발현황을 헬렌 박사로부터 자세히 경과보고 받고 현재 임상 3상이 끝나간다는 소식을 듣고 연구팀에 금일봉을 하사하고 연구원들을 격려하였다.

최근 바이러스 치료 트렌드는 사람의 면역체계를 활용하는 것이다. 바이러스 공격수인 T세포나 자연 살해 세포 같은 면역세포를 활용하는 것이다. 활동력이 강한 면역세포를 체외에서 배양해 넣어 주고 코로나 바이러스를 직접 살해할 수 있는 물질을 MRNA에 결합시켜 바이러스를 공격하기도 한다.

이번에 K.M.bio가 개발한 신약은 면역세포인 항체에 약물을 붙여 바이러스를 찾아가도록 하는 유도탄과 같은 원리로 치료하는 요법이다. 바이러스를 정확히 찾아가서 파괴하기 때문에 정상세포에는 지장이 없고 단기간에 치료 할 수 있는 이점이 있다.

K.M.bio가 드디어 해냈다. 국내 온 매스컴이 특별 호외를 뿌렸다. 세기의 방송 CNN 뉴스를 타고 세계가 뉴스를 내고 있었다.

먹는 코로나 약물 뉴화이자가 먼저 개발하였지만 효과 면에서 K.M.bio의 제품에 비하여 성능이 떨어진다. 이에 회사 측에서는 더욱 더 고무되어 자신만만하게 PR하고 병원을 상대로 선전을 하여 단기간에 매출이 쑥쑥 올라가고 있었다. Whom에서도 10억 명분이 주문이 들어왔다. 타사제품에 비해 효능이 훨씬 좋고 값이 저렴하여 인기 만점이다. 1인분 치료제의 값은 타사 제품의 값은 60만 원이 드는데 비하여 K.M.bio 제품은 20만 원이며 치료율도 기타제품의 치료 효과는 75%인 반면 K.M.bio 제품은 95%의 치료효과를 나타냈다.

연이은 파키슨병 치료제 개발에 한국의 Bio 산업이 세계 우뚝 서다. 지금 세계는 코로나 신약과 파키슨병 치료제에 학수고대하고 있다.

세계가 못한 일 한국이 먼저 해낸 것이다. 코로나에 이은 또 하나의 기적 파키슨 병, 뉴스가 방송에 터지자 세계 각국이 너도 나도 서로가 먼저 달라고 아우성이다.

파키슨병 치료제로 우리나라가 세계Bio 산업의 연구, 생산의 중심지가 되었으며 향후 파키슨 치료제 한 제품으로만 년 수출의 15%를 차지할 것이라 한다.

방송이 나간지 1주일도 안되어 벌써 파키슨병 주문이 쇄도하여 5,000만 명분의 주문이 들어 왔다. 금액으로 따지면 원화 65조에 해당하며 진단키트까지 합치면 나라예산의 예산의 20%에 해당하는 엄청난 금액이다.

이제 K.M.bio는 세계적인 다국적 기업으로 OECD 국가 38개국에 진출하여 영업을 활발하게 펼쳐나가고 있으며 또한 한국의 위상이 날로 높아가고 있었다.

한편 회사에서는 그동안 신약개발에 힘쓴 직원을 상대로 회식을 열고 보나스 300%와 휴가를 제공했다. 국가에서도 한국

바이오산업을 획기적으로 빛낸 K.M.bio측에 금탑산업훈장을 수여하였다.

7
Again U-turn

Again U-turn 7

급변하는 한반도

주정진 국정자문위원장이 주도적으로 개최한 '백두산 세미나' 이후, 백두산 화산 폭발로 인한 후유증으로 대한민국은 물론 동북아지역 국가와 전 세계가 화산재 대기권의 영향으로 그 후유증은 상상을 뛰어넘어 커다란 재앙이라는 예상이 긴장시키고 있었다.

백두산 중턱 백두산 호텔 '한반도세미나 룸'에서 열린 '백두산 화산 폭발 세미나'는 북한에서는 이미 영국과 미국의 석학들을 초청하여 백두산 폭발에 따른 문제점을 예상하였다.

마침 남한의 제주도 한라산에 있는 '동북아호텔 룸'에서 범

세계적인 석학들을 모아 '과학적인 실증 학술발표 컨버런스'에 깊은 관심을 모아지고 있었다.

주정진 국정자문위원장 주관의 백두산호텔 한반도세미나룸과 남한 한라산 동북호텔 룸 컨퍼런스에 범 세계적인 석학들이 과학적인 실증과 학술시물레이션 발표와 언론에서 제기하고 있는 백두산 화산 폭발에 대하여 논의를 하였다.

이 자리에는 주정진 국정자문위원장과 세계과학대학 김화산 총장, 과학기술부 이재난방 장관, 21세기 미래세상 정밝음 이사장, K.M.bio 헬렌 박사, 크라운 박사 등이 함께했다.

먼저 세계과학대학 김화산 총장이 작금의 백두산 화산 폭발 예언에 대하여 고증을 이야기하였다.

"오시(낮 12시쯤) 함경도 부령부와 경성부에 갑자기 어두워지더니 때때로 황적색의 불꽃 연기와 같으면서 비린내가 가득……마치 화로 가운데 있는 듯 뜨거워 견딜 수 없었다. 4경(다음날 새벽 3시 무렵) 후에야 사라졌다."

『숙종실록』 - 1702년 5월 20일자 백두산 화산 분화 소식

"아침이 되니 (화산)재가 눈처럼 흩어져 내려 1치(3㎝) 정도 쌓였는데……강변의 여러 고을도 모두 그러했다……"

『숙종실록』 기록을 토대로 '1702년 백두산 분화의 강도와 화산재의 규모'를 검토한 논문(윤성효 · 이정현, '백두산 화산의 1702년 강하화산재 기록에 대한 화산학적 해석').

부령부와 경성부는 백두산에서 각각 똑같이 139㎞ 떨어진 곳(부령부는 동쪽, 경성부는 동남쪽).

김 총장은 이어서 말한다.

"10세기에 일어난 백두산 대분화는 기원후부터 지금까지 발생한 것 가운데 가장 규모가 큰 화산분화이어요. 폼베이 도시를 순식간에 삼킨 베수비오 화산분화(화산지수 5)의 100배에 달하는 큰 규모라는데 동북아는 물론 전 세계적인 우려입니다."

과학기술부 이재난방 장관은 이렇게 말한다.

"백두산은 한민족에게는 가장 특별한 명산입니다. 고조선 때부터 신성하게 여겨졌던 산인 만큼 우리에게 아주 중요한 산인데요. 북한에서는 이런 백두산을 우리보다 더욱 신성하게 여겨지고 있는데 바로 김일성 일가를 백두 혈통이라고 하여 자신들을 신격화했기 때문입니다. 이런 백두산이 요즘 들려오는 소식으로는 폭발이 일어날 수 있다는 전문가들의 의견이 있어 걱정입니다."

이번에는 21세기 미래세상 정밝음 이사장의 견해이다.

"백두산은 세계에서 상당히 규모가 큰 화산으로 분화구의 크기만 보더라도 그 규모가 상당하다는 것을 알 수 있는데요. 백두산 천지의 면적은 9,165제곱으로 평균 깊이가 213m에 이를 정도로 상당히 거대합니다. 수심이 213m이면 서해나 남해바다보다도 깊은 수심을 가지고 있는 것입니다."

주정진 국정자문위원장은 이렇게 말한다.

"백두산의 분화는 옛 기록을 찾아보면 상당히 많이 분화를 하였는데요. 939년부터 1925년까지 무려 31차례나 있었습니다. 현재는 1925년에 소규모 분화를 한 이후로 화산활동을 멈춘 상태입니다. 31번의 분출 중 가장 그 규모가 컸던 분출은 바로 서기 946년 11월에 있었던 분출인데요. 그 증거로 백두산의 화산재가 일본까지 넘어갔는데 그 당시 백두산 폭발지수는 7에 해당하는 규모였다고 합니다. 폭발지수가 7이면 히로시마 원자폭탄보다 무려 16만 배 강하고 2022년에 일어났던 남태평양 통가 화산 폭발의 1,000배에 해당하는 수준입니다. 이러한 강한 힘을 가진 백두산이 최근에 점점 화산활동의 움직임을 보이고 있어요?"

세계과학대학 김화산 총장이 차분하게 다음 이야기를 이어간다.

"2002년 규모 7.3의 지진이 생긴 이후로 백두산이 서서히 활동을 시작하였으며 2006년 이후로는 지진 활동이 극도록 많아 졌어요. 이에 백두산과 붙어있는 중국도 위협을 느껴 지진계를 설치하고 관측을 시작하고 있어요. 관측결과 한 달에 200여 회의 지진이 감지되고 있습니다. 그리고 백두산의 온천수 역시 그 온도가 꾸준하게 상승하고 있어서 큰 문제이지요."

백두산 화산 폭발과 관련하여 언론에 보도된 내용은 아래와 같다고 주정진 회장은 설명한다.

2004년에 백두산에서 가스가 분출되어 백두산 주변의 나무들이 말라죽기도 했다. 이때부터 한국 중국 일본 모두 백두산 폭발에 대해서 관심을 가지기 시작하였다.

그러다 다시 지진이 잠잠해지면서 관심이 사라지다가 최근에 그 지진 빈도가 급격하게 많아지면서 백두산 화산 폭발이 다시 이슈가 되고 있다.

현재 백두산 아래의 마그마방의 규모는 서울의 2~3배 크기의 규모로 백두산 아래 5~10km미터 아래에 존재하고 있다.

현재 화산학계에서는 백두산의 폭발 가능성이 2019년에는 38% 2032년에는 99%에 폭발할 것이라고 예견하고 있다.

그리고 가장 큰 문제는 백두산을 자극하는 것이 지진뿐만이 아니라 북한의 핵실험이 가장 큰 원인이다. 2017년 9월 북한은 풍계리에서 6차 핵실험을 진행했었다.

당시 핵실험으로 발생한 지진은 상당히 강력한 지진을 일으키는데 그 풍계리 핵실험 이후로 백두산 화산활동이 더욱 활발하게 일어나고 있다고 한다.

현재 많은 전문가들은 핵실험의 지진 여파로 인하여 강력한 지진 백두산 폭발이 일어날 것이라는 데 그 무게를 두고 있다. 만약 백두산이 폭발한다면 화산쇄설류로 인하여 주변이 모두 초토화될 것이라고 한다.

화산쇄설류는 화산이 분화할 때 화산재와 진흙, 그리고 고온 가스가 엉켜 흘러내리는 것을 말하는데 그 속도가 무려 130km이다. 그래서 화산쇄설류는 거의 피하는 것이 불가능하다고 생각하면 된다. 그리고 이 백두산 화산쇄설류는 반경 50km는 초토화시킬 힘을 가지고 있다. 그리고 화산재는 100km까지 덮을 것으로 예상이 되고 있다.

그리고 그 화산재의 피해는 울릉도 독도, 그리고 일본의 홋카이도, 러시아 연해주까지 심각한 피해를 줄 것이다.

특히 북한은 엄청난 피해가 예상이 되는데 북한의 건물은 내진설계가 거의 되어 있지 않기 때문에 상당히 피해를 입을 것으로 예상이 된다. 대부분의 화산재는 일본으로 날아간다고 한다.

미국 출신 세계적인 학자 크라운 박사는 말한다.

"최근 들어 꾸준히 '2025 백두산 폭발설'이 꾸준히 나돌고 있어요. 오는 2025년에 백두산 화산이 분화한다는 내용인데, SNS 등을 통해 확산하고 있어요. '백두산이 폭발하면 살아남는 법'까지 등장했어요. 폭발 시나리오는 이른바 '100년 주기설'을 바탕으로 해요. 백두산의 마지막 분화 기록이 1925년이어서 100년 뒤인 2025년에 폭발할 걸로 보지요. 백두산이 분화하기 시작하면 당장 대홍수 가능성이 매우 높아요. 백두산 천지 칼데라 호수에는 물 20억 톤이 있는데, 분화구에서 나온 뜨거운 암석 파편들이 산을 부수면 물과 함께 흘러넘치게 되어요."

크라운 박사 이론에 의하면 이렇다.

물과 암석, 토사가 섞인 걸 '라하르'라고 하는데, 이게 흘러내리면 주변 지역이 흔적도 없이 매몰될 수 있다. 물 아래 가라앉아 있다가 화산 폭발로 뿜어져 나오는 이산화탄소, 즉 화산 가스는 주변 생물들을 질식시켜 죽게 만든다.

용암과 화산재는 더 무섭다. 뜨거운 쇳물 같은 용암은 흘러내리면서 모든 걸 녹이고, 태워버린다. 용암의 부스러기인 고온의 화산재는 예부터 인명 피해의 가장 큰 원인이었다.

화산 폭발 피해를 연구한 보고서들을 보면, 북동풍 날씨에 VEI 7 규모로 백두산이 분화하면, 분화 48시간 뒤에는 전남 서남부 지역을 제외한 남한 전역이 화산재 영향권에 들어간다.

백두산 폭발설이 나오는 가장 큰 이유, 지진 같은 전조 현상이 심상치 않아서이다. 평소 한 달 평균 7건이던 지진 발생 횟수가 2002년부터 2005년 사이 72건으로, 열 배 넘게 늘었다고 한다.

미국에서 내한하여 주정진 국정자문위원장과 K.M.bio를 함께 연구하는 헬렌 박사는 말한다.

"근래 지진 횟수가 갑자기 줄었는데, 이유가 불분명해 오히려 불안감이 커졌습니다. 백두산이 북한에 있는 한 북한과의 공동 연구가 반드시 필요한 것이 여기에 있습니다. 이미 우리 미국과 영국 등 국제사회는 북한과 공동으로 백두산 연구를 진행하고 있어요. 그런데 백두산 폭발은 미국의 문제도, 영국의 문제도 아닙니다. 대한민국이 직접적인 피해 당사국이 될 수 있으니, 우리의 문제입니다. 여기에 문제가 있어 오늘 이 자리에는 주정진 국정자문위원장님과 세계과학대학 김화산 총장님, 과학기술부 이재난방 장관님, 21세기 미래세상 정밝음 이사장님 등이 함께한 것입니다."

이러한 급박한 상황에서 백두산을 둘러싼 동북아 일대의 이러한 상황에 몰리자 북한 김백두 위원장과 중국 시진표가 머리를 맞댄다는 언론에 기사가 등장했다.

"전 세계 백두산 화산 폭발로 공황 상태. 백두산 코앞 중국 더 참을 수 없는 자존심. 북한도 후유증을 걱정 중국 걱정 심각 대두. 김백두 위원장 중국의 국가주석 시진표 방문 국제정세에 시 주석의 뜻 전달받아. 김 위원장 이미 결심상태. 현실 탈피 일환 김백두 여동생 김여전 달나라 사전시찰. 이와 함께 남한 도움에 손 뻗치는 김 위원장. 여기에 설상가상 지구의 온난화 지구의 탈출 심리가 가속화. 달나라행 미국 '스페이스-X'와 한국의 '스페이스-Joo' 우주선 초만원 세계인 벌써 달나라 도착."

김백두 위원장의 명령으로 우주선 '스페이스 Joo'를 타고 달나라를 방문 사전점검 다녀온 김여전과 주정호가 돌아왔다.

"오라버니, 잘 다녀왔습네다."

"그래 수고했으비. 달나라가 워떻든가비?"

"와! 말도 말디요?"

"그리 좋던가디요?"

"기절초풍할 뻔했습네다. 완전히 천국입네다. 천국이디요. 하늘은 보랏빛, 빨강, 파랑, 노랑, 쪽빛으로 물들어 마치 오로라가 춤을 추는 듯 환상적이었디요. 끝없이 펴져나간 평원은 마치 양탄자를 깔아 놓은 듯 매끄럽고 보드라며, 공기가 얼마나 상큼한지 폐병 환자도 금방 낳겠더라고요. 말로 다 표현 못할 감탄사의 연속이었네다. 오라버니, 다음번엔 우리 백두혈통 식구 다 데리고 한 번 갑세다. 우주선도 얼마나 좋고 편안한지 몰라요. VIP실로 가면 완전 특급이래요!"

김 위원장은 남한 대통령의 국정자문위원장으로서 최측근인 주정진과 사촌지간인 주정호 북한 인민자문위원장을 불렀다.

"달나라 잘 다녀오셨습네까? 어떻습네까?"

"예, 말로 다 표현할 수 없디요? 그야말로 천국이 따로 없습네다. 다음 기회 한 번 가보시디요. 인류가 가야 할 마지막 유토피아가 아닌가 합네다."

"앞으로 어찌해야 하겠습네까?"

"지금으로서는 선택의 여지가 없는 듯합네다. 전 세계가 온난화로 지구로부터 탈출 대세입네다. 우리는 설상가상으로 곧 터질 백두산 화산까지 겹쳐 문제가 좀 심각한 거 아닙네까! 복잡할 수록 단순하게 생각하면 해법이 나오는 것 아닐까 합네다. 우선 지하 저장고의 핵물질은 지진에 대비해서 안전한 곳으로 옮겨놓고 뇌관을 제거하도록 하고요. 남조선으로부터는 쌀을 보상받도록 협상을 해보시디요? 위기는 기회라 했디요! 그뿐만 아니라 머리를 좀 써야 할 것입네다. 남한의 막강한 자본력과 기술을 우리와 공유하는 겁네다. 즉 방법은 남북한 통일이디요. 그러면 자연스럽게 남한의 그 많은 재산을 공유하는 것이니 그냥 굴러들어 오는 것이디요. 즉, 남북 통틀어 간선제 대통령을 뽑는다면 자연스럽게 통일이 되는 것이디요. 지금 남조선은 잘산다고는 하지만 빈부의 격차로 인한 계층간의 갈등으로 분열되어 있는 상황입네다."

김 위원장은 불룩 나온 배를 두드리며 맞장구를 친다.

"맞디요. 맞디요! 하하, 그것참 좋은 아이디어 같습네다. 남반부 사촌인 주정진 전 국회의장과 한 번 의논을 해보라우야?"

“네 알갔습네다. 통일되면 휴전선도 없애고 그 자리에는 세계적인 생태공원인 ‘21세기 세계평화공원’을 만들어 세계유네스코 문화유산에 등재하는 겁네다. 그리하여 세계 속에 우뚝 선 대한민국 조선이 등불이 되어 동방의 빛이 되는 겁네다.”

김 위원장은 안주머니에서 담배 빨대를 꺼내어 물며 말한다.

“푸 후— 아! 고것참 멋진 아이디어 입디요. 매우 현실성 있는 시나리오입네다.”

김 위원장은 거듭 숙고하였지만 별다른 아이디어가 떠 오르지 않았다. 주정호 위원장의 이론이 가장 현실성 있는 논리인 것 같았다. 그로부터 며칠 후 김 위원장은 국가비상회의를 소집하여 국제사회의 흐름과 백두산의 폭발과 지구의 온난화와 우리의 갈 길에 대한 방향성을 제시하며 자기의 구상을 발표했다. 또한, 지금부터는 모든 공무원은 비상 근무에 들어가 각자의 위치에서 자리를 지킬 것을 당부했다.

기발한 아이디어를 제공한 주정호 위원장은 김 위원장의 맘에 쏙 들었다. 앞이 훤히 보이는 논리와 그의 설득력 있는 화술은 누구도 따를 수 없는 그만의 재주였기 때문이다. 그리하여 당면한 현재의 문제를 해결사 겸 집행위원장에 주정호 인민위원장에게 맡기기로 하였다.

김 위원장 마음 한구석엔 말 못할 어두운 그림자가 따라붙어 마음이 편하지 않았다. 항시 마음은 착잡하였다. 묵중하게 가라앉은 그의 어깨가 오늘같이 무거울 때는 없었다.

기분 전환하려 가까운 거리에 있는 평양 교외 '모란봉별장'으로 갔다. 풀벌레 소리 요란하게 울어대는 가을밤의 적막함에 가슴이 울적하여 누군가를 옆에 두고 대화의 상대가 필요했다. 가장 노련하면서 판단력과 앞을 내다볼 줄 아는 사람은 역시 '주정호'였기에 믿을 수 있는 충신이라고 김일성 할아버지 때부터 칭찬하던 충성 3대 가문이었다.

주정호 할아버지는 일제강점기 시대 금광을 하면서 보부상으로 거부가 되었고 그 아들 형제는 제일고보에 경성제대 경제학부에 진학한 천재라는 평가를 들은 우등생이었다고 한다. 학창 시절 남로당 당원으로서 박헌영 남로당 당수와 손잡고 혁혁한 공을 세운바 있는 애국자였다고 한다. 남로당원으로 낮에는 대학생, 밤에는 당 홍보차 열렬히 운동하다가 학교에서 제적당하고 일본으로 건너가 동경제대 경제학부에 다시 입학하여 수석으로 졸업한 천재로 소문난 학생이었단다. 오늘따라 그의 믿음직한 판단과 조언에 감사하며 같이 술 한잔 나누고 싶었다. 역시 속담에 '묵은 솔이 관솔이다.' 라고 생각하니 더욱 그가 믿음직했다. 직접 주정호 인민위원장을 불렀다.

"일전에 그 '조니워커 블루' 술맛 참 끝내줬습네다. 같이 들게 오디요."

"아 그러면요. 바로 가겠습네다."

김 위원장 호출을 받은 주정호가 들어왔다.

"어서오시라요. 참, 이 술이 미제라 했디요?"

"그렇습니다. 지난 다보스 포럼에서 독일 친구한테 받은 선물입네다. 향기가 좋거니와 뒤 끝이 개운해서 좋습네다. 45도의 높은 알코올 성분이라 얼음으로 희석해서 잡수셔야 합네다. 레몬 향도 살짝 뿌려줘야 제맛이 납네다."

"하하, 주 위원장님의 경륜에는 손들었습네다."

"요런 술 만드는 미국 사람들 말입네다. 맘에 들었다 안 들었다 한단 말입네다."

"싸울 때는 밉다가도 물건 하나는 또 잘 만든단 말입네다."

'쇠뿔은 단김에 빼랬다' 라고.

"내일부터 구상하셨던 남북 간선제 선거실행을 위한 순서에 들어가디요. 우선 각국에 나가 있는 대사들을 소집하시고 앞으로의 방향을 제시하며 국제정세의 흐름을 알려주고 '우리가 살 수 있는 유일한 방법은 남북이 합치는 통일이다' 라고 주지시켜 줘야 합니다. 그리고 중국 시진표 주석과 러시아 푸탄 대통령은 내가 직접 전화로 연락할 테니 인민위원장은 남한과 미국 대사와 일본 대사를 초청하여 자세히 설명과 남북 간선제 총선으로 민주화로 가겠다는 우리의 견해를 밝히시길 바랍네다. 또한 북 · 남 당사자인 북한과 남한에 중국, 러시아, 미국, 일본으로 '2+4'로 사전에 절차상 승인을 받아야 하니 네 나라 대사를 불러 모아 충분히 설명을 해 주시기 바랍네다."

김 위원장과 주정호의 술잔이 오거니 가거니 하는 사이 어느새 새벽닭이 홰를 치며 울었다.

지난여름 태풍 카눈이 휩쓸고 간 농촌은 폐허 그 자체였다. 홍수로 인한 농토가 휩쓸려 나가고 산이 무너지면서 마을을 쓸고 지나간 태풍의 후유증은 심각했다. 당장 먹을 것이 없어서 바닷가로 몰려드는 가족들도 많았다.

가난한 사람들을 비켜선
끝없는 먹이사슬 속에
바다는 생명의 젖줄이었다.
물때를 벗어나 갯벌에 들어가면
조개와 굴을 따고 갯가재도 잡았다.

굶주림에 비린 갯것들은 최고의 성찬이었다.

—「갯마을 추억」의 시 일부(주정진)

"지금 끼니를 거르고 있는 가정이 많으니 나라의 곡간을 풀어 국민을 살리도록 하시라요? 그래도 모자라면 남조선의 남는 쌀을 배급받도록 인도주의에 차원에서 부탁하여 실행할 것입네다."

김 위원장의 판단은 확실했다. 실제로 농가에서는 하루 한 끼 먹기가 힘든 가정이 태반이었다. 김 위원장은 내심 주 위원장을 특사로 남한에 보내기로 맘에 두고 조용히 불렀다.

"아무래도 인민위원장님이 남한에 다녀오셔야 하겠습네다."

"예, 그럼요. 갔다 오겠습네다. 맨손으로 가긴 그렇고, 지난 봄에 채취한 송이버섯이나 가지고 가디요?"

"예, 알겠습네다. 인도주의 입장에서 도와 달라고 사정 한번 해 봐야디요? 자기네들은 남는 쌀이니 같은 동포끼리 같이 살자고 떼를 써서라도 성과를 거두고 돌아오겠습네다."

"역시 주 위원장님은 매사에 긍정적이고 적극적인 추진에 맘이 듭네다. 벌써 일이 다 된 기분입네다."

"하하. 예, 최선을 다하겠습네다."

"아, 그리고 이건 나라의 운명을 좌우하는 대사 중의 대사입네다. 지난번 얘기했던 '남북통일을 위한 임시 협의체'라는 조직을 북·남이 공동명의로 설립하여 UN의 감시하에 남북한 대통령을 선출할 것도 이번에 협의해서 큰 성과를 올리도록 하디요? 남한 정부 통일부와 협의하시고 국회의장과 3당 대표도 확약을 받아 오시기를 바랍네다. 주 위원장님의 책임이 막중하니 신중에 신중을 기울여야 할 것입네다. 이번 일은 나라의 운명이 달린 중대한 일임을 다시 한번 강조합니다."

"예, 명심하겠습니다."

비서관 몇 명을 대동하고 남한 인천공항에 도착한 주정호 위원장은 곧바로 국회의장과 면담을 하고 긍정적인 답변을 얻고 용산 대통령실을 찾았다. 한반도 대통령 비서실장을 만나 식량 사정을 말한 뒤 협조를 구했다. 국회 3당 대표와 대통령 비서실장, 그리고 통일부 장관이 참석한 자리에서 주 위원장의 식량난으로 죽어가는 동포가 많으니 도와 달라는 주문을 받고 즉석에서 허락을 받고 신곡(新穀)이 나오려면 아직 한 달은 기다려야 하므로 최소한도 한 달분 식량 3,000만 톤을 도와주기로 하였다.

주 위원장은 연신 고맙다고 머리를 굽신거리며 각 당 대표들을 만나면서 인사를 하였다. 실무적인 사항은 수행한 비서관에게 맡기고 국회의장이 베푸는 만찬에 초대되어 각 당 대표들과 만찬을 즐기며 북한의 김백두 위원장님의 친서(親書)를 전달하고 앞으로 핵무기의 폐기처분과 군대의 감축으로 전환하여 DMZ도 없애고, 그 자리에는 각종 희귀생물과 멸종위기의 희귀동물이 서식하고 있다고 한다. 그곳을 생태공원 즉 '세계평화공원'으로 만들어 유네스코 기록 세계관광 자원으로 만들 것을 제의한다고 하였다.

주정호 위원장은 긴급 제안을 했다.

"오늘 아주 중요한 안건을 가지고 왔습네다. 놀라지 마십시오. 즉, 우리가 그렇게도 원하던 북, 남 통일입네다. 이렇듯 그동안 우리가 염원했던 남북통일. 그리고 핵무기 없는 평화의 나라를 만드는 이상 국가를 세우도록 노력합네다. 이것이 바로 남한이 끊임없이 주장하고 바라던 요구 사항이 아닙네까? 여기에 부언하건대 단순히 1:1의 공식으로 비용부담이 아니라 잘살고 부자인 남한이 전적으로 협조해 주시길 간절히 부탁드립네다."

그러자 이 자리에 참석한 남한의 주요 요직 관료들이 일어나 찬성의 박수를 치고 함성을 질렀다. 순간 장내는 술렁이었다.

"야호오— 남북통일 꿈만 같아요!"

"야호오— 좋으신 안건입니다. 우리 모두 쌍수들고 환영합니다."

한편으로는 황당한 꿈속의 잠꼬대 같기도 했다. 갑자기 아닌 밤중에 홍두개비 같아 반신반의로 듣고 있었으나 신중히 들어보니 사실임을 알 수 있었다.

제각기 속내로 이해득실을 따지는 듯했다. 주정호는 이어서 말했다.

"그럼 '남북통일위원회'라는 협의체를 만들어 추진토록 합시다요. 양쪽에서 각각 5~10명씩으로 조직된 협의체를 구성합시다. 또한, 핫라인으로 서로의 연락처로 개인 휴대폰 번호로 연락하기로 합네다. 시간이 없습네다. 서둘러 1개월 이내에 협의체 구성을 완료하고 나아가 국제적으로 3개월 이내에 UN으로 통일방식을 승인받아야 시행령이 나와 간선제로 선거를 치를 수 있지 않을까 생각됩니다."

한편 평양에서는, 김백두 위원장은 쌀 3,000만 톤을 무상원조로 받아 온 주위원장을 그 공로를 인정하여 '백두유공훈장'을 수여하였다. 북한 인심은 당장 급변하여 남한에 고맙게 생각하고 있으며 한편 평양 시내를 비롯한 이북 5도 전체가 축제 분위기 같이 들떠 있었다.

한편 남한 한반도 대통령은 비서실장으로부터 자세한 경과 보고를 듣고 마음속으로 기쁨의 쾌재를 불렀다. 이어서 한반도 대통령은 미국 대사와 일본 대사를 대통령실로 불러 자세한 이야기를 나누고 대한민국 미래의 청사진도 털어놨다.

"지금부터가 우리에겐 중요한 시간이 됩니다. 두 분 대사님께 우리의 미래를 잘 부탁드리겠습니다."

이어서 북한 김백두 위원장에게 전화를 했다.

"이번 결정은 나라의 미래를 위한 어려운 결정을 하셨습니다. 잘하셨습니다. 서로 협조하여 위대한 나라를 만듭시다. 또한 쌀 3,000만 톤 찬조에 고맙습네다."

양국 대사를 접견한 후 바로 한반도 대통령은 미국 바이슨 대통령에게 전화를 했다.

"북한이 핵무기를 폐기하고 자유선거로 남북통일 대통령을 선출하자고 제의가 들어와 지금 한참 작업 중입니다. 미국이 도와줘야 우리의 통일도 가능합니다. 힘을 키우려면 역시 통일입니다. 도와주십시오."

미국 바이슨 대통령이 맞장구를 친다.

"아! 그것참 잘됐네요. 축하드립니다. 역시 대한민국은 하나님의 은총을 받은 나라입니다. 코리아는 저의 사돈의 나라이지요."

"맞아요. 참 좋은 인연이지요."

다음은 일본의 기시다후미 수상에게 전화를 했다.

"기시다후미 수상님. 남북한 통일이 가까워지는 듯합니다. 앞으로 많은 협조 부탁합니다."

기시다후미 수상도 좋아한다.

"그것참 잘된 일입니다. 축하드립니다. 한국은 저의 사돈나라입니다. 주정진 국정위원장이 사돈입니다."

"아하, 맞아요. 그렇지요."

이어 중국 시진표 주석에게도 전화를 했다.

"시 주석님 이번에 지구촌 유일의 분단국인 우리 대한민국이 통일을 하게 되었습니다. 시 주석님의 적극적인 협조와 응원 바랍니다."

그러자 수화기 저 편의 중국 대륙 시 주석이 반가움을 표한다.

"잘했어요. 조속히 통일을 이루어 한반도의 화평시대가 열리기를 바랍니다. 축하합니다. 한국은 저의 사돈나라이지요."

"그럼요. 좋은 인연에 감사합니다. 시 주석님이 북한 김백두 위원장님을 설득하여 원만히 이루어 지도록 협조 바랍니다."

"아, 그럼요. 염려마세요. 적극 응원합니다."

남북통일론이 매스컴을 타자 지구촌이 온통 한국에 관심이 쏠렸다. 한국이 이제 부국으로 세계 경제를 좌우하는 경제 대국이 되느니, 부국으로 서열 5~6위가 되느니 등이다.

국내에서도 찬, 반 양론으로 반분되었다. 찬성 쪽은 규모의 경제가 커야 계속 경제가 발전할 수 있다고 하고, 반대로 우리도 살기 힘든데 가난한 가족이 덮치면 더욱 힘들 거라는 논리도 나온다.

국정위원장이자 K.M.bio 주정진 회장은 남한을 방문한 사촌지간인 북한 주정호 인민위원장으로부터 이미 설명을 들은 터 라고 여기에 부가 설명을 곁들였다.

"거시적으로 봐야 미래 한국의 청사진이 나온 것입니다. 경제대국을 보세요. 전부 우리나라보다 인구가 훨씬 많은 1억 이상의 나라들이 아닌가요! 더군다나 인구수가 점점 줄어들고 있는 한국으로서는 남북을 합치는 것이 국가의 경제와 미래를 위해선 비약을 약속하는 대형 호재인 것만은 사실입니다. 특히 남북한은 같은 민족이자, 같은 피가 흐르는 그보다 더 뜨거운 피가 흐르는 형제가 아닙니까? 불과 70년 전에 이념전쟁으로 남북으로 갈라져 6.25 전쟁을 일으켰고 지금은 잠시 휴전상태에 있지만, 내적으로는 지금도 여전히 전쟁상태에 처해 있는 상황이 아닌가요? 설상가상으로 북한은 핵무기까지 동원하여 위협하고 있는 상황에서 핵무기를 포기하고 남북한을 통일하자 하니 반가운 소식이 아닌가요. 전쟁 없는 나라는 평화와 행복이 따르는 성숙한 사회요 살기 좋은 나라를 만든다는 것은 하늘이 축복을 내린 것입니다."

남북통일론도 거론되면서 내적으로는 남북협의체가 구성되고 핵폭탄은 남북의 과학자들이 참석하는 자리에서 뇌관분해 철거하는 조건으로 진행되고 있었다.

또한 미국, 러시아, 중국, 일본 4개국의 후견 국가가 스위스 다보스에서 모여 남북한의 통일과 UN선거관리감시단 감시하에 자유선거(간선제)로 할 것을 적극적으로 지지하는 결의안을 채택하였다.

'남북통일위원회협의체'에서는 남북한 통일 통합 제1대 대통령 선거일을 2023년 8월 15일 광복절로 정했다. 지난 1945년 8월 15일 우리나라가 일본으로부터 광복된 것을 기념하는 의미 깊은 날이다.

광복은 일본의 수탈로 인하여 도탄에 빠진 조선 민족을 일시적으로 구원했으나, 곧 이이서 소련과 미국의 점령통치를 받게 되었다. 다만 이 점령통치는 한반도에서 일본군을 무장해제시켜서 일본제국의 영향력을 제거하고 한반도에 새로운 국가를 수립하기 위한 것이었으므로 사람들은 1945년 8월 15일 당시를 해방으로 1945년의 해방과 1948년 8월 15일 독립정부 수립을 묶어서 광복으로 부르고 있다.

대부분의 사람들은 광복절을 우리나라가 독립한 날이라고 부르고 있지만 1945년 8월 15일은 우리 민족이 일본제국으로부터 해방된 날이고 미군정체제가 종료되고 우리나라의 정부가 세워져서 외국의 통치로부터 공식적으로 독립한 날은 1948년 8월 15일이다.

대한민국 정부 수립 이후 대한민국에서는 이날을 기념하기 위해 양력 8월 15일을 광복절로 지정하였으며, 북한에서도 해방절이라 하여 이날을 기리고 있다.

1948년의 대한민국 정부 수립도 8 · 15 광복의 3주년 날짜로 맞추었고, 1974년 8월 15일 역사적인 대한민국의 첫 지하철인 서울 지하철 1호선 종로선 개통식이 이날 개최되었다. 1948년 8월 15일 대한민국 정부 수립을 경축하는 날이다.

따라서 남북한 통일 염원을 담아 남북한 통일 통합 제1대 대통령 선거일을 2023년 8월 15일 선거일로 정했다.

이어서 한반도 대통령은 김백두 위원장에게 전화를 했다.

"수고하십니다. 김 위원장님 덕분에 일이 잘 추진되어 가고 있습니다."

"아닙네다. 다 나라가 잘되자고 하는 일이디요? 선조들이 피로서 지켜낸 조국을 늦게나마 제자리에 돌려놓게 되어 가슴 뿌듯합네다."

선거운동 기간 중인데도 나라는 조용하니 평온을 유지하고 있었다. 남북통일이란 대형 호재에도 민심은 외적으로는 큰 동요 없이 각자 생업에만 관심 가질 뿐 특별히 달라진 것은 없었다. 주식시장에서만 전광판에 이북 관련주가 간간이 빨간불 점등이 오르내리고 있을 뿐 시장 분위기도 별달리 달라진 것은 없었다. 간간이 선거 벽보와 TV에서 남북통일과 대통령을 간선제로 뽑는다는 내용을 알 수 있었다. 간선제는 이미 전임 대통령 시절에 치러본 거라 직접선거보다 분위기는 조용했다. 옛날 같은 길거리 유세나 스피커로 고성방가로 소란스러운 선거운동을 제한하고 유인물로 인물 검증하고 또 TV에서 정견 발표를 함으로써 검증하여 대의원을 선출하고 그 대의원들이 대통령을 선출하는 것이다.

즉, 간선제 대의원 수는 유권자 5만 명당 1인의 대의원을 선출하는 방식이다. 그러면 남한의 유권자 수는 4,420만 명이고 북한은 2,000만 명이다. 그러면 대의원 수는 남한이 884명, 북한이 400명으로 대의원 수는 총 1,284명의 대의원 수가 나온다.

드디어 2023년 8월 8일. 대의원 선거가 시작되었다. 임시 공휴일로 지정되어 회사마다 노는 날이라 아침 일찍 투표하고 산으로 가는 사람, 도시락 싸 들고 낚시터로 가는 사람 등등 제각기 행선지는 달라도 오늘 하루는 기분 전환하고 즐기기 위해 교외로 나가는 차량이 꼬리를 물고 교통 체증이 있을 뿐 시내는 조용했다.

8
Again U-turn

Again U-turn 8

남북한 통일대통령 선출, DMZ 세계평화공원 유네스코 등록

2023년 8월 15일. 남북한 통일 제1대 대통령 간선 선거일.

'남북통일위원회협의체'에서 정한 것처럼 대의원회에서 간선으로 남북한 통일 통합 제1대 대통령 선거일을 정함에 따라 선거가 남북한 전국에 지정된 장소에서 진행이 되었다.

대통령 후보로는 남한 '주정진 국정자문위원장이 대통령 출마하고, 북한은 김여전 여맹위원장이 각각 출마하였다. 부통령은 남한 1명, 북한 1명을 당선자가 선임하여 뽑고, 피당선된 지역의 여성부통령을 1명을 더 선임하여 부통령은 총 3명을 두기로 결정하였다.

아래는 남북한 출마 후보자 약력이다.

기호 남한 1번 : 주정진

◇ 학력 : 서울 S대학 약학대학, 미국 UCLA 약학박사 출신

◇ 경력 : K.M.bio 회장. 다문화 한글 교육센터 운영, 대한민국 전 국회의장. 현재 국정자문위원장

◇ 정책토론

1. 남북통일시대 대통령으로 남북 GNP를 같이 만들 것. 국민소득 5만 불 시대를 만들어 세계에서 가장 잘 사는 나라를 만든다. 반도체 공장, 배터리 공장, 자동차 공장을 북측에 세운다.

2. 주거의 자유로 전국을 맘대로 이동해도 된다는 것.

3. 종교의 자유가 있다.

4. DMZ를 무장을 해제하고 유네스코 문화유산 등록 세계평화공원으로 개발하여 한국을 세계관광 한국으로 만든다.

5. 인간답게 살게 국가가 인격을 보호해 준다.

6. 세계 다문화 가족 유입 대폭 개방 통일시대에 국민 자격을 부여한다.

기호 북한 2번 : 김여전

◇ 학력 : 김일성대학 철학과

◇ 경력 : 북한 여맹위원장, 조선총련 회장

◇ 정책토론

1. 다 같이 잘 살고
2. 다 같이 즐기며
3. 사회적 계급의 차이가 없다.
4. 신앙의 자유가 있다.
5. 국가가 생활보장해 준다.
6. 남북한 왕래 개방으로 문화관광 활력으로 문화대국 지향

선거운동은 'UN선거감사단'과 남북한 '남북통일위원회협의체' '중앙선거관리위원회'의 엄중한 감사와 TV토론만으로 정견발표를 할 수 있으므로 거리는 조용했다. 과거에는 금품과 면대 면으로 금품이 오가며 분위기도 소란스러웠다. 이번에는 UN선거감사단 체제하에 선거공영제를 시행하고 선관위에서 관장하기 때문에 선거비용도 절약되면서 냉정한 판단으로 선거운동을 하므로 선진화된 바람직한 일이었다.

'남북통일위원회협의체' 주관의 대의원 수는 유권자 5만 명당 1인의 대의원을 선출하는 방식이다. 남한의 유권자 수는

4,420만 명이고 북한은 2,000만 명. 대의원 수는 남한이 884명, 북한이 400명으로 대의원 수는 총 1,284명의 대의원이다.

드디어 다가온 2023년 8월 15일 D-day. 온 국민의 시선이 코엑스 컨벤션센터에 집중되고 있었다. '남북통일위원회협의체'에서 대의원 1,284명에 대한 선거결과가 발표되었다.

'UN선거감사단'과 남북한 '남북통일위원회협의체' '중앙선거관리위원회'의 엄중한 감사와 관리 속에 선거결과가 나왔다. 남북한 전체인구 7,723만 명 중에 6,420명 유권자. 대의원은 1,284명이다. 이중에 투표자 1,120명 기권 102, 무효표 62명이었다. 이 가운데 남한 주정진 후보 지지표는 878명, 북한 김여전 후보 지지표 388명이었다. 이로서 남한 주정진 후보가 총 대의원 유권자수 68%를 얻어 남북한 통합 제1대 대통령으로 뽑혔다.

이에 따라 '남북통일위원회협의체'에서 정한 남한 부총리를 지낸 이한라가 부통령에 선임되었다. 북한 부통령은 김백두 위원장 여동생 김여전이 선임되었다. 또한 여성몫 부통령은 비당선 지역인 북한 문화상을 지낸 백모란이 부통령으로 선임되었다.

국내와 외신은 온통 남북한 통일 통합 대통령 선거에 쏠려 있었다. 한반도일보는 다음과 같이 머리기사로 보도되었다.

"동북아 국가에서 작지만 통 큰 대한민국 1945년 8월 15일 해방 78년. 1948년 8월 15일 독립정부 수립 75년 남북한 통일 위업 이룩/제1대 남북한 통일 통합 대통령 남한 주정진 대통령 당선/지구촌 유일의 분단국가 통일 이뤄 7천 7백만 명 한민족 소원 이뤄."

아래는 미국 뉴욕타임즈 머리기사이다.

"대한민국 남북한 통일 이뤄. 대의원 간선제 선거 사회혼란 예방/남북한 6,420명 유권자 중에 대의원은 1,284명/이중에 투표자 1,120명 기권 102, 무효표 62명/이 가운데 남한 주정진 대통령 지지표 878명 68% 압도적 당선/동북아 한반도 중심국가 자리매김."

다음은 러시아 타스통신 머리기사이다.

"70여 년만 지구촌 마지막 분단국가 남북한 통일 군사력과 경제력 통합/남한의 인력과 북한의 지하지원 풍부한 잠재적 도약 발판 OECD국가 중 압도적 우위전략/작지만 통 큰 세계 속 대한민국으로 우뚝 서다."

일본 아시히신문은 이렇게 대서특필했다.

"지난 1929년 3월 28일 일본에서 썼고 주요한(朱耀翰)이 번역한「동방의 횃불」시를 쓴 인도의 시성(詩聖) '타고르(Rabindranath Tagore)'가 예언했던 불가사의한 일이 대한민국에서 벌어지고야 말았다."

그리고 인도 시인「타고르」시 원문을 인용했다.

동방의 횃불

일찍이 아시아의 황금시기에
빛나던 등촉의 하나인 조선
그 등불 한번 다시 켜지는 날에
너는 동방의 밝은 빛이 되리라!

In the golden age of Asia
Korea was one of its lamp-bearers,
and that lamp is waiting
to be lighted once again
for the illumination
in the East

대한민국 국토의 중심도시 서울특별시 광화문 거리에는 축하의 인파가 몰려들어 교통이 마비되고 전국 각지에서도 사물놀이와 축하 퍼레이드가 새벽녘까지 이어졌다. 이번 선거는 유사 이래 가장 축복받을 아름답고 한민족의 정체성을 살리는 뜻깊은 행사였다.

남북한 제1대 통합 대통령으로 선출된 주정진 대통령은 차를 마시며 조용히 생각에 잠겼다.

"뒤돌아보면 동족상잔의 전쟁과 갈라진 이념의 갈등으로 수많은 희생을 당했던 역사의 참화 속에 살아온 한 많은 민족이 아닌가? 이제는 흩어진 민심을 수습하여 단합된 한민족의 앞길에 영원한 발전만을 기약하자. 대한민국이 남북통일을 이뤘다는 것이 실감 나지 않아 마치 강 건너 불구경이라도 하는 기분이구나! 그러나 이 일은 엄연한 현실이다. 이 지구상에서 분단국가로서 마지막 종지부를 찍고 통일국가로서 당당히 세계 선진국 대열에 합류한 것이다."

이어 또 깊은 생각에 잠겼다.

"그간 70여 년이란 세월 동안 분단되어 통일의 그날까지 얼마나 기다렸던가? 혹은 기다리다 가신 분도 있겠고 살아 있는지 죽었는지조차도 모를 세대도 있으리라. 혹자는 부모님 산소를 찾아갈 수 있어 늦게나마 다행이라 하고 혹자는 백두산 구경할 수 있어 좋고 금강산도 가볼 수 있어 좋다고 했다. 뒤돌아보면 동족상잔의 전쟁과 갈라진 이념의 갈등으로 수많은 희생을 당했던 역사의 참화 속에 살아온 한 많은 민족이 아닌가?"

주정진 국정자문위원장은 북한 김백두 위원장 최측근 주정호 인민위원장으로부터 통일에 대비하라는 의견을 오래전부터 듣고 있었다. 이에 따라 주정진은 국정자문위원장으로서 대통령을 만날 때마다 조언을 했다.

"이제 통일을 준비하여야 합니다. 따라서 70여 년 감추어온 비옥 같은 천혜의 지상낙원 DMZ보존개발을 준비하셔야 합니다."

"자문위원장님 조언을 듣고 국토교통부, 국방부와 환경부, 문화체육관광부 등에 내밀하게 지시하여 진행되고 있습니다.

고맙습니다."

지구촌 마지막 분단 국가인 대한민국 남북한 통일 제1대 주정진 대통령 취임식이 남북한 분단의 상징이었던 휴전선 판문점에서 거행되었다. 이날은 백두산 정상 천지의 물과 한라산 백록담의 물을 섞은 민족통일수를 주정진 대통령이 마시며 시작되었다.

'남북한 통일기념 대통령 선출, DMZ 세계평화공원 유네스코 등록을 위한 기공식'도 겸했다. 그 첫 삽을 제1대 주정진 대통령을 중심으로 '남북통일위원회협의체'에서 정하고 주정진 대통령이 선임한 남한 이한라 부통령과 북한 김여전 부통령, 여성몫 백모란 부통령이 세계평화공원기공식을 선언을 했다.

"대한민국 7천 7백만 명 한민족 여러분과 주변 동북아 일대 나라와 전 세계 80억 인류 여러분. 2023년 8월 15일 오늘 70여 년의 긴 장막을 걷어내고 남북한 통일기념 DMZ를 세계인류평화공원으로 지정하고자 하며 더 나아가서는 DMZ가 세계문화유산으로 등록되도록 유네스코에 신청합니다. 대-한민국 만-만세!"

큰 구호를 외치자 남북한 제1대 대통령 취임식장에 모인 많은 국민과 국내외 언론들이 일제히 제창을 한다.

"대-대한민국 통일만세. 세계 속 대한민국 만- 만세, 만-만-세—"

"와— 짝짝짝—"

"대한민국 통일 축하합니다. 정말로 기쁩니다."

"남북한 한민족 7천 7백만의 국민과 전 세계 80억 인류의 대축제입니다."

DMZ 휴전선 앞 판문점에 모인 많은 국민들과 외국 대통령과 수상 내빈들은 저마다 축하 풍선을 들고 하늘로 높이 높이 날리며 외쳤다. 마침 주최 측에서 준비한 축포가 형형색색의 색깔을 뿜으며 소리를 내며 하늘로 치솟는다. 저 높이 공중에서는 축하 비행기 편대가 '대한민국 통일 제1대 주정진 대통령 취임 축하'라는 글자를 꽁무니로 새기며 멋지게 날고 있었다.

대한민국 7천 7백만의 국민과 동북아 일대 나라와 전 세계 80억 인류의 염원을 담은 남북한 통일 통합 제1대 주정진 대통령 취임식은 축하의 열정 속에 마무리 되었다.

남북한 통일 통합 제1대 대통령으로 취임한 주정진 대통령은 국무총리실 산하 'DMZ(Demilitarized zone)보존개발 준비위원회'를 상설 설치하고 회의에 참석했다.

이 회의에는 주정진 대통령을 비롯하여 남한 이한라 부통령과 북한 김여전 부통령, 여성몫 백모란 부통령이 참석하여 DMZ가 갖는 역사적 의미를 더하였다.

여기에 최한강 국무총리와 내각 국무위원 총괄 컨트럴타워를 하고 있는 국무조정실 박모아 실장을 비롯하여 국방부 김철통 장관과 환경부 조살펴 장관, 문화체육관광부 최홀라 장관, 김다듬 국토교통부 장관과 문화재청 나보호 청장, 부처 차관 등 관계자가 참여하여 현황보고를 중심으로 회의가 진행되었다.

먼저 박모아 국무조정실장이 현황조사 내용을 보고한다.

"비무장지대(非武裝地帶. Demilitarized zone)는 주로 적대국의 군대간에 발생할 우려가 있는 무력충돌을 방지하거나, 운하 · 하천 · 수로 등의 국제교통로를 확보하기 위해서 설치했습니다. 대한민국의 휴전협정에 의해서 휴전선으로부터 남 · 북으로 각각 2km의 지대가 비무장지대로 결정된 바 있습니다. 비무장지대는 70여 년 출입통제구역이었기 때문에 그 자연상태가 잘 보존되어 있어 자연생태계 연구의 학술적 대상으로 전 세계가 지목하고 있습니다."

주정진 대통령이 이에 답한다.

"짝 짝 짝— 맞아요. 7천 만 온 겨레와 전 세계 80억 인류의 간절한 염원을 담아 그야말로 21세기 지구촌 최대, 최고의 자연평화공원을 만들어야 합니다. 오늘 여러분의 기탄없는 발표와 의견 개진으로 DMZ가 훌륭한 인류평화공원으로 다시 태어나도록 여러분의 적극적인 참여와 협조를 바랍니다."

그러나 옆에 참석한 남북한 부통령 남한 이한라 부통령, 북한 김여전 부통령, 백모란 부통령이 한마디씩 응원의 축하를 한다.

"그래요. 가장 훌륭하고 아름다운 인류평화공으로 다 함께 조성해 나갑니다. 짝 짝 짝—"

이에 인류평화공원 주무부처 김다듬 국토교통부 장관이 말한다.

"네 알겠습니다. 착실히 준비하여 지구상 가장 찬란하고 의미 깊은 세계인류평화공원을 조성하도록 하겠습니다."

이어 환경부 조살펴 장관이 DMZ야생실태에 대하여 소개한다.

"70여 년 동안 사람 때를 타지 않은 자연환경을 볼 수 있습니다. 70여 년 이상 인간의 손길이 전혀 닿지 않아서 일반인들에게는 '한반도 최후의 야생동물들의 낙원'입니다. 여러가지 야생동물이 살고 있는데 국립생태원에서 발표한 생태계 조사 보고서에 의하면 101종으로 전체 267종의 38%에 달합니다. 금강소나무 등 식물도 2,504종이나 자라고 있습니다. 문화유산은 헤아릴 수 없을 정도로 많지요. 또한 한반도 생물종의 약 20% 정도가 서식한다고 합니다. 비무장 지대는 사람들의 발길이 오랫동안 닿지 않으면서 생태계가 복원되어 가치를 인정받고 있습니다. 다른 곳에서는 볼 수 없는 볼거리가 많아 사람들의 관심을 받고 있습니다. 한반도의 평화와 생태계 보전이 중요합니다. 천연기념물로 지정된 동식물들이 DMZ 부근에서는 자주 발견되고 있습니다. 내륙 산간지대 하천, 계곡에서는 1급수에만 산다는 열목어, 빙어, 어름치, 쉬리 등의 희귀어종들이 발견되고 있고, 타지역의 수종들을 인위적으로 옮겨 심지 않아서 여러 토착식물이 자생하고 있습니다. 그리고 멸종 위기에 있는 두루미, 재두루미, 크낙새 등 여러 철새들이 철마다 찾아들고, 사향노루, 산양 등의 야생 포유류도 살고 있는 것으로 알려져 있습니다. 그래서 UNESCO, UNEP, IUCN 등의 국제기구에서 DMZ를 국제적 생물보호구역, 자연 생태공원으로 지정관리할 것을 제의, 권고하고 있는 상태입니다."

다음에는 국방부 김철통 장관이 발표한다.

"DMZ조사 개발에 드는 재력과 인력 손실도 상당합니다. 제일 시급한 것은 세계 최대 지뢰 매설지인 DMZ의 지뢰, 불발탄들을 모두 해체해야 합니다. 이 과정에서 인력손실이 예상됩니다. 또한 각종 군사시설물의 안전한 철거입니다. 주도면밀하게 검토하여 최소의 피해로 줄여 진행하겠습니다."

이에 최한강 국무총리가 당부를 한다.

"작업자와 국민 안전이 우선이니 그 점을 염두해두고 진행하세요."

"네 명심하고 진행하겠습니다."

주정진 대통령이 고개를 끄덕였다.

"맞아요 그 부분이 예민하겠군요. 가장 안전이 중요하니까요."

이번에는 문화체육관광부 최홀라 장관이 발표한다.

"DMZ활용은 전 세계인의 문화관광으로 활용한다는 이점이 많습니다. 자연공원, 생태공원, 자유경제지대 등으로 관광으로 활용 평화공원으로서 그동안 군사적 이유로 활용하지 못한 넓은 땅을 이용할 수 있다면 매우 좋습니다. 그래서 DMZ 구역에 공장, 연구소, 물자교류센터, 스포츠 시설, 놀이공간, 관광지 등을 조성하여 문화 · 경제적으로 활용하고, 남북한 교류와 전 세계인들의 전진기지, 시험장소 등으로 이용하려고 합니다. 자연환경이 70여 년 보존된 이 일대를 친환경적으로 개발하여 인간과 자연의 공존, 남북교류, 세계평화를 꿈꾸는 공간으로 활용해야 합니다. 그래서 생명마을, 평화공원, 자연생태공원으로 보존개발할 예정입니다."

이에 따라 북한 김여전 부통령이 말한다.

"우리 북쪽지역 개마고원, 금강산과 연계한 벨트관광도 검토하여 진행하면 좋을 듯 합네다."

그러자 회의에 참석한 각 부처 장관들이 공감을 표한다.

"김여전 부통령님 말씀에 공감합니다. 경유지 관광에서 체류지 관광으로 부가되는 숙식의 수익도 만만치 않을 터이니 종합적으로 검토 보완하면 좋을 것 같습니다."

이번에는 문화재청 나보호 청장이 발표한다.

"비무장지대의 유네스코 세계유산 남북공동 등재해야 합니다. 70여 년 남북 분단의 상징인 DMZ를 평화와 화해의 장으로 기념해야 합니다. 남북을 동서에 걸쳐 폭 4㎞, 길이 248㎞로 갈라놓은 DMZ는 한국전쟁 이후 인간의 발길이 거의 닿지 않은 천연자원의 보고입니다. 또 끊어진 철길과 땅굴 등 전쟁과 대결의 상흔이 고스란히 남아 있는 분단의 상징입니다. 유네스코 세계유산은 그 성격에 따라 자연유산과 문화유산으로 분류됩니다. 2개의 가치를 동시에 지닌 복합유산으로서의 조건을 모두 충족시키는 세계유산은 지구상에 별로 없습니다. 철원 월정리에 70여 년이 넘도록 멈춰서 있는 녹슨 철마를 비롯해 국군 9사단과 중공군 38군단의 전투로 열흘 동안 주인이 24번이나 바뀐 백마고지 그리고 천 년 세월을 거슬러 올라가면 궁예 태봉국의 옛 도읍지도 이곳에 잠들어 있습니다."

문화재청 나보호 청장의 발표에 주무부처 문화체육관광부 최훌라 장관이 보탠다.

"문화재청 나보호 청장의 발표처럼 DMZ는 자연유산과 문화유산이 많아요. 철원 월정리에 70여 년이 넘도록 멈춰서 있는 녹슨 철마와 국군 9사단과 중공군 38군단의 전투로 열흘 동안 주인이 24번이나 바뀐 백마고지 그리고 천 년 세월을 거슬러 올라가면 궁예 태봉국의 옛 도읍지 등 소중한 문화적 가치가 있어요."

끝으로 최한강 국무총리가 회의 정리를 한다.

"비무장지대는 세계인류 평화지대로서 유엔환경회의, 유엔총회 개최해야 합니다. 『인간없는 세상』의 저자인 '앨런 와이즈먼'은 이렇게 말합니다. '한반도 분단의 비통함은 야생동물들의 은신처를 만드는 예상 밖의 기적을 만들어 냈다. DMZ는 에덴동산을 떠올릴 수 있게 하는 지구상 하나밖에 없는 인류 최고의 자연문화유산이다. 많은 희생자가 발생한 전쟁이 아니었다면 DMZ내 은신처를 찾는 많은 동식물은 더 이상 존재하지 않았을지 모른다. 한국의 DMZ는 전 세계가 소중히 해야 할 독특한 실험실이다.' 전쟁유산으로서의 분단 경계선은 있으나 DMZ 같은 완전한 금단, 고독, 차단이 만든 자연의 평화는 지구상에 없습니다. 많은 동, 식물 종의 유전자 뱅크인 DMZ는 한국을 금수강산으로 재생시키는 역사적 수단이 될 것입니다. 대한민국의 MZ(Millennia Generation) 세계평화공원은 국제적으로 가장 의미 있는 접경보호지역 모델이 될 것입니다. 오늘 수고했어요."

주정진 대통령이 마무리 발언을 했다.

"오늘 여러분의 다양한 의견 고맙습니다. 오늘 발표와 의견은 더 보완하여 대한민국 DMZ가 세계 유일의 지상낙원 자연평화공원이 되도록 잘 가꾸어 나갈 겁니다. 고맙습니다. 'DMZ는 세계인류 80억 명의 마지막 정신적 실크로드가 될 것입니다.'"

이제는 우주시대

남북한 통일 통합 제1대 대통령 취임식이 끝난 후 남북통일 기념으로 주정진 대통령은 북한의 김여전 부통령과 부부동반으로 '스페이스-Joo' 우주선에 올랐다. 축하객의 일부 국민도 합승하여 분위기를 더욱 돋구었다.

출발지는 남북한 분단의 상징인 휴전선 판문점 근처 '대한민국 달나라 신나라 발사본부'이다.

"안녕하십니까? 저는 여러분을 달나라까지 안전하게 모실 기장 정민호 대령입니다. 특히 오늘은 대통령과 부통령 부부를 모신 영광과 축복의 날입니다. 달나라까지 가는 데 걸리는 시간은 30시간입니다. 잠 한숨 주무시고 깨면 달나라에 도착합니다. 뿐만 아니라 여러 승객님들도 안전하게 모시겠습니다. 감사합니다."

"지구여 안녕! 다시 보자 지구야!"

Again유턴

1쇄 발행일 | 2023년 9월 20일

지은이 | 한진호
펴낸이 | 정화숙
펴낸곳 | 개미

출판등록 | 제313 - 2001 - 61호 1992. 2. 18
주소 | (04175) 서울시 마포구 마포대로 12, B-103호(마포동, 한신빌딩)
전화 | (02)704 - 2546
팩스 | (02)714 - 2365
E-mail | lily12140@hanmail.net

ⓒ 한진호, 2023
ISBN 979 - 11 - 90168 - 71 - 7 03810

값 15,000원

문장감수 한국어 문학박사 김우영 교수

잘못된 책은 바꾸어 드립니다.
무단 전재 및 무단 복제를 금합니다.